Doncella sometida por un vampiro

Colección Dominación Erótica

Erika Sanders

Título
Doncella sometida por un vampiro
Por
Erika Sanders
Serie
Colección Dominación Erótica

Imagen portada: @ TinoFotografie, 2020

Primera edición: Febrero, 2020

Correo electrónico de contacto:

erikasanders98@gmail.com

Sinopsis

Vladimir es un vampiro que busca una compañera para que le acompañe en su vida eterna.

Kristina es una joven croata que acaba de perder a su pareja de forma reciente y está desolada por ello.

Ese amor y sufrimiento hacen que él se fije en ella y se quede cautivado por su espíritu.

Por lo que decide raptarla...

Doncella sometida por un vampiro es una nueva novela perteneciente a la colección Dominación Erótica, una serie de novelas de alto contenido BDSM romántico y erótico.

Nota sobre la autora:

Erika Sanders es una conocida escritora a nivel internacional que firma sus escritos más eróticos, alejados de su prosa habitual, con su nombre de soltera.

Correo electrónico de contacto:
erikasanders98@gmail.com

DONCELLA SOMETIDA POR UN VAMPIRO
POR
ERIKA SANDERS

PRIMERA PARTE
VLADIMIR

CAPÍTULO I

Vladimir, resplandeciente todo de negro, a excepción de su corbata de seda rojo sangre, miró con lástima a la joven que se inclinaba sobre la tumba recién cubierta.

Sus lágrimas amargas y copiosas solo sirvieron para alimentar su creciente hambre.

Sus ojos violetas brillaban en la creciente penumbra mientras buscaba el énfasis correcto sobre el cual continuar su búsqueda.

Habiéndose aburrido de los habituales y apresurados frenesíes de su juventud, tenía un profundo anhelo de reponerse con esta torturada belleza.

Sus lamentos desgarradores excitaron la sangre que corría por sus venas.

Vladimir no dudó más, saliendo de las sombras.

Kristina estaba fuera de sí en su dolor.

Sus brazos se envolvían alrededor de su cintura, llorando a Andrej.

La gente del pueblo de Split la había dejado sola.

No perdonaban su condena en ella, por que percibían que ella había tenido un papel en la muerte de Andrej.

Kristina y Andrej habían tenido planes.

Debían haberse casado en la capilla de su pueblo.

Andrej insistió en que ser soldado era una forma creíble de ganar el dinero necesario para establecer su nuevo hogar.

Pero con su muerte, sus sueños habían muerto.

La familia de él fue implacable en su odio, porque nunca la habían aprobado.

Kristina estaba tan desesperada que consideró terminar con su vida.

Entonces ella podría estar vinculada para siempre a Andrej.

Sintiendo una presencia detrás de ella, levantó los ojos color esmeralda bañados en lágrimas, enmarcados por su velo negro de luto, hacia el hombre que se cernía en silencio sobre ella.

"Por favor, déjeme con mi dolor. No tengo nada que ofrecerle". Ella susurró roncamente.

Sin embargo, su mirada se había conectado con la mirada hipnótica de él y no podía mirar hacia otro lado.

"Perdona mi intrusión", su voz hechizante se rompió sobre ella, "pensé en ofrecerte consuelo. No quise faltarle al respeto".

"Déjeme señor. Quiero estar sola para llorarlo".

Su voz era inflexible a pesar de las pequeñas dudas creadas por esos ojos y su voz.

Kristina bajó la mirada y volvió a centrarse en el montón de tierra que tenía delante.

Vladimir se enfureció.

Nadie, nadie se había atrevido a ser tan despectivo con él.

¡Esta chica grosera!

Su descaro le costará, juró en silencio.

Sintió que sus colmillos comenzaban a sobresalir, pero ahora no era el momento.

Su sangre hirviendo con más que lujuria.

Estaba de muy buen humor, algo muy raro.

Con una última mirada calculadora a su cabeza inclinada, él se retiró momentáneamente para ordenar sus pensamientos.

Se fusionó con las sombras una vez más para esperar un momento más apropiado para volver a su lado.

CAPÍTULO II

Kristina temblando con las sombras refrescantes que se arremolinaban a su alrededor lentamente envolvió su cuerpo.

Dejó caer la rosa blanca que había agarrado con la mano al suelo, donde Andrej estaría, tragado por toda la eternidad.

El último en amarla, sus padres se rindieron el año pasado a la fiebre que había arrasado y diezmado a su pueblo.

Caminó hacia la casa de su infancia, con pasos pesados, con paso lento.

Abrió la puerta principal y se dirigió a las escaleras hacia su habitación, sin apetito aparente.

No había podido comer estos tres días desde que el cuerpo de Andrej había llegado para ser enterrado.

Kristina se desnudó con los mismos movimientos deslucidos.

Sus ojos llenos de dolor se cerraron de alivio.

Sus dolores momentáneamente terminaron cuando se deslizó en un sueño sin sueños, todas sus energías se habían gastado en conseguir un entierro adecuado para Andrej.

Vladimir la había seguido con facilidad, siempre vigilante.

Al no detectar ninguna otra presencia en la casa, había esperado a que apagara la vela y luego comenzó a trepar ágilmente el enrejado adyacente a su balcón.

Vladimir se movió sigilosamente por el suelo, deslizándose sin esfuerzo hacia la cama donde Kristina yacía inquieta moviéndose debajo de las sábanas, gimiendo suavemente.

La luz de la luna entraba brillantemente adentro, a través de las puertas abiertas del balcón llegando hasta la cama.

Sus labios se separaron en una sonrisa impía, observando cómo su pecho subía y bajaba, las cintas de su camisón se habían desatado hasta el punto en que descansaban sobre la parte superior de su pecho.

Un pequeño crucifijo de oro rodeaba su cuello, y su cabello negro se extendía sobre la almohada.

Extendiendo un largo dedo huesudo, enganchó su uña debajo del borde de encaje y la movió más abajo.

Sus ojos brillaban de agradecimiento por la carne lechosa no marcada expuesta, el suculento pezón rojo intenso sobresalía prominentemente en el aire fresco de la noche.

Inhaló el aroma de lavanda que flotaba en su piel, su polla mostrando un parpadeo de interés, pero luego ese mismo interés decayendo.

Vladimir, era consciente de que, para excitarse por completo, debe tomar un poco de su sangre y mezclarla con la suya.

Se inclinó y presionó sus labios sobre el pecho, justo por encima de la areola.

Soplando suavemente, observó esa corona del pezón aún más.

Pasiones oscuras explotaron en su mente, las posibilidades competían entre sí por el dominio.

Mientras estos pensamientos fluían a un ritmo aterrador, Kristina murmuró 'Andrej'.

Una palabra.

Vladimir se aseguró que borraría su recuerdo de Andrej hoy mismo con todo su ser.

Y nunca había roto promesas hechas para sí mismo.

CAPÍTULO III

Vladimir le despojó de las trampas de la humanidad, doblando sus pertenencias cuidadosamente y con cuidado.

Volvió a la cama y se colocó encima de los muslos de Kristina, sacudiéndose hacia adelante para hundir sus colmillos en su pecho.

Kristina se despertó con un jadeo sobresaltado, mirando esa cabeza oscura tocándola donde ningún hombre la había tocado antes.

Cuando ella movió sus manos agarrando su cabello para alejarlo, Vladimir levantó sus ojos convincentes y la detuvo sin hablar.

Atraída más allá de su comprensión por la magnificencia de su mirada contundente, fue atrapada como una mosca en una telaraña.

Los ojos de Vladimir estaban formando vórtices de pasión, ardiendo con una necesidad impenitente.

'¿Quién eres tú? ¿Qué quieres conmigo?' Kristina lloró suavemente. '¡Déjame em paz! ¡Sal de mi casa! ¡O gritaré!'

Todo el tiempo, sus pensamientos acelerados se burlaban de ella sabiendo que los aldeanos no levantarían un dedo.

"Soy Vladimir", entonó, casualmente lamiendo sus colmillos, que goteaban, con su lengua. 'Y estoy aquí porque tu belleza e inocencia me llamaron la atención. Conozco tus pensamientos antes de que los tengas y antes de que termine esta noche, sabrás la pasión que tengo por ti. No te equivoques, de ahora en adelante, serás mía para hacer lo que quiera. Por favor, y será más fácil para ti si de das tu permiso de poseerte".

Vladimir eligió esas palabras deliberadamente, sabiendo que Kristina buscaba pertenecer a alguien.

Kristina lentamente expulsó su aliento.

Ella lo había visto mover la boca, lo había visto saborear su sangre.

Ahora sabía que él era un vampiro.

Curiosamente, ella no le temía, ni estaba repelida por sus acciones.

Se preguntó brevemente si él la había hechizado, luego decidió que eso ya no tenía ninguna importancia.

Él ya había comenzado el proceso de chuparla y ella sabía que todo estaba perdido.

Arrepintiéndose sobre su debilidad anterior en el juicio al pensar en terminar con su vida, ahora sabía que deseaba vivir.

Su letargo se disipó y luchó contra él como un gato montés.

Se enzarzaron en una lucha cuando ella sabía que su amado Andrej debía haber luchado así para mantenerse con vida.

Lamentablemente, Kristina peleaba de manera desigual y rápidamente fue dominada, pero recurrió a un último acto desesperado.

Con Vladimir firmemente atrincherado sobre sus muslos, sus rodillas sosteniéndola en su lugar y sus manos sosteniendo sus brazos hacia abajo mientras se extendían sobre su cabeza, ella retrocedió y luego empujó hacia arriba en un intento de morderlo, sus dientes hundiéndose en su hombro.

Vladimir sonrió porque Kristina sin darse cuenta se había unido aún más a él.

Y en lugar de poder liberarse, ella ya era su posesión con ese pequeño intercambio de sangre.

'Ah, mi belleza enérgica, siempre me pertenecerás', ronroneó. 'Soy tu maestro de hoy en adelante'.

Vladimir hundió sus colmillos en su impecable pecho y extrajo de ella con avidez.

Un flujo de sangre rica se acumulaba para correr cuesta abajo hacia el valle entre sus senos.

Moviéndose rápidamente a lo largo de su cuerpo, la mordió al azar aún más en sus exploraciones.

No tenía pensamientos de iniciarla gentilmente.

Estaba cautivado por su espíritu y su vivacidad.

Pateó el cobertor hacia atrás con el pie y le pasó el vestido por la cintura, festejando por un momento lo que descubrió.

Esos muslos de seda lo esperaban allí.

El cuerpo de Kristina tembló con necesidades que no entendía.

Ella se retorció bajo su toque magistral.

Retorciéndose sin prestar atención, su mente se ahogaba con sensaciones.

Las terminaciones nerviosas hormiguean repetidamente en toda su longitud, anticipando, dando febrilmente el consentimiento a su amante.

Cuando Vladimir hundió sus colmillos en su muslo, la parte superior de su cuerpo se enderezó sin querer y esta vez agarrando su cabello, tiró de él más tensamente sobre esa piel clara.

Esa piel tan caliente para su cuerpo tan frío era un alivio bienvenido.

Bebiendo hasta saciarse, Vladimir selló esa herida con un regazo de su lengua.

Podía comenzar a sentir la sangre brotando de su polla, cada vez más pesada.

Había pasado mucho tiempo, demasiado tiempo desde que atravesó la carne de una mujer con su miembro.

Había elegido a esta mujer con un cuidado exquisito.

Agudo en sintonía con aquellos que experimentan dolor, la había buscado, lejos de sus propios terrenos de caza normales.

Habiendo vivido durante más de seis siglos, podía contar con una sola mano la cantidad de veces que se había apareado.

Consciente de que Kristina no había sido follada por otro hombre, él guió su mano hacia su polla hinchada y la animó a que la agarrara.

Ella experimentó durante unos minutos, pasando sus manos sobre él, aprendiendo su forma, textura y fuerza.

Envalentonada por su aliento reprimido liberado de una manera áspera, ella lo agarró con más firmeza, acariciando su polla más fuerte y más rápido.

Buscando la aprobación de sus ojos, sabiendo que ella estaba complaciéndolo por la evidente dilatación.

Sus manos sin pudor encontraron un ritmo natural y aplicó presión en diferentes puntos.

Paciente, casi con ternura, en silencio, Vladimir le permitió esta libertad.

El conocimiento de que ella era suya por toda la eternidad lo hizo querer enseñarle.

Pero con el deseo encendido, su paciencia se agotó pronto.

Sus dedos exploraron su abertura húmeda, probando su preparación.

Él provocó sus labios, pasando sus dedos por sus rizos, tirando de ellos, sintiendo su calor.

Kristina se movió bajo su mano buscando respuestas a estos extraños sentimientos que le dolían en el cuerpo en lugares desconocidos.

Avergonzada por la humedad, ella buscó sus ojos una vez más con su pregunta no formulada.

“Kristina esto es deseo. Este es tu cuerpo preparándose para mi placer y lo que será tu placer”.

Kristina no debería haberse sorprendido de que él supiera su nombre.

Se hizo cada vez más evidente que él lo sabía todo.

Los ojos de Vladimir brillaron al leer sus pensamientos.

Estaba lista, dispuesta y sin estrenar.

Antes de que la follara, la iba a probar.

Ya no era inmune a sus encantos, ya no estaba enojado, todavía estaba hambriento de hambre para saciar esas ardientes pasiones.

Moviéndose más abajo por su cuerpo, él colocó sus labios y lengua sobre su coño.

Metió la lengua dentro, sintiendo su temblor debajo y alrededor de su toque.

Él movió su lengua dentro y fuera de ella, aumentando esa presión aún, las caderas de Kristina bombeando y empujando naturalmente para encontrarse con su lengua.

Sin pensar, ella igualó sus pasiones.

Justo cuando estaba al borde, él se apartó para hundir un colmillo en su clítoris.

Ella jadeó al caer sobre ese borde de la pasión y derramó sus jugos sobre su lengua que esperaba.

Él bebió profundamente, tal como lo había hecho antes contra su muslo.

Vladimir se regocijó, sintiendo su corrida sobre su lengua, los jugos corriendo por su garganta cargaron aún más su erección.

Esto estaba tan fuera de control como se permitía.

Dominar y complacer a Kristina lo emocionaba hasta el infinito.

Él observó lo último de su orgasmo y luego la miró a la cara.

Ella brillaba a la luz de la luna, el deseo desenfrenado que permanecía aún en sus ojos.

CAPÍTULO IV

Kristina estaba fuera de sí, todavía sin comprender lo que estaba sucediendo.

Todo su cuerpo estaba vivo y hormigueante y tenía que agradecerle a Vladimir por eso.

Al encontrar una confianza en sí misma de la que antes era desconocida, se deslizó valientemente por la cama hasta su boca.

Ella capturó sus labios, mordiéndolos y mordisqueándolos juguetonamente, rogándole en silencio que continuara.

Ella envolvió sus largas piernas alrededor de su cintura y lo acunó contra su centro.

Todavía tenía un toque de frialdad, pero menos que antes.

Se sentía bien, se sentía justo acurrucado entre sus muslos.

Ella movió un poco sus caderas, sus pasiones lejos de acabarse.

Vladimir se divertía con sus descarados intentos inexpertos de deslumbramiento, un participante más que dispuesto.

Sin embargo, divertirse no significaba que fuera a darse el gusto.

Él movió su mano hacia su polla y la metió completamente dentro de su calor, rompiendo y superando fácilmente su himen.

Ella objetó sin signos de lucha, haciendo que Vladimir se moviera violenta y descaradamente sin inhibiciones.

Nunca había tenido intimidad con una mujer virginal que lo invitara tan voluntariamente a follarla sin protestar.

Su motín anterior se olvidó en su búsqueda por hacerla suya, ahora estaba en total sumisión.

Mientras acariciaba su polla en su coño, también acariciaba su clítoris, sintiendo el verdugón elevado dejado por su colmillo.

Más ardiente que nunca, cada golpe eleva la temperatura de su cuerpo, con sus movimientos sin restricciones.

Apoyando un codo a su lado, él se agachó para capturar un pezón, sintiéndolo al rozar.

Mientras que antes tenía sentimientos limitados, su mente explotó en un caleidoscopio de colores.

Este acoplamiento superó sus expectativas.

El cuerpo de Kristina se apretaba a su alrededor, agarrándolo como ninguna otra lo había hecho antes.

Sus gemidos aumentaban, su respiración se reducía a jadeo.

Pulido con su jugo, Vladimir sintió que se expandía aún más y sabía que estaba cerca de correrse.

Con un empuje final, los envió a ambos al límite.

Agudos lamentos de pasión se mezclaron.

Vladimir bombeaba sin parar dentro de Kristina, con el sentimiento más cercano a estar vivo que había experimentado desde su cambio.

Él la acercó y avanzó por su cuerpo, limpiando el hilo de sangre que se encontraba entre sus senos antes de continuar hacia su boca.

Él apretó su boca contra ella con fuerza por un momento antes de suavizar el beso.

Cuidado de dejar su polla donde estaba.

Su apareamiento inicial completo, aún lo dejaba deseando más.

Por el momento, se contentó con acariciarla y ahogarse en sus brazos.

Habiendo dormido el sueño de los no muertos durante más de cinco siglos y medio, se encontró curiosamente gastado de una manera diferente.

Kristina lo abrazó más fuerte, abrazándose lo más que pudo por su querida vida.

Aunque igual de cansada y agotada, estaba energizada por su acoplamiento con Vladimir.

Justo antes de quedarse dormida, su último pensamiento fue que valía la pena someterse a su vampiro.

SEGUNDA PARTE
KRISTINA

CAPÍTULO V

Me desperté sobresaltada.

La luz del sol que entraba por la ventana calentaba mi cuerpo.

Manteniendo los ojos cerrados, me estiré.

Sentí como músculos desconocidos gritaron en protesta.

Preguntándome por estos misteriosos dolores y molestias, abrí los ojos a un entorno extraño.

El aliento que siseó fuera de mi garganta, hizo que mi sensación de bienestar se evaporara de inmediato.

Hice la señal de la cruz sin dudarlo, levantándome y poniéndome de rodillas para rezarle a Dios.

¿Qué maldad más se ha forzado contra mí? Me dije en silencio.

¿No ha llovido lo suficiente sobre mi cabeza?

No recibí respuesta.

Mientras me revolvía en la ropa de cama, la aparté para buscar mis pertenencias y dejar este extraño lugar.

Escapar era lo que tenía absoluta prioridad para mí.

Mis rápidos movimientos me marean un poco.

Agarré el poste de la cama para estabilizarme.

Mirando hacia abajo me sorprendió el hecho de que estaba vestida con un camisón de tela blanca muy hermoso, algo que no era de mi propiedad.

Mis temores aumentaban con cada momento que pasaba.

Mi cuerpo se comenzó a sacudir frenéticamente pensando en cómo habré llegado aquí.

Olvidando mi propósito de encontrar mi propia ropa, corrí hacia la puerta, trastabillando cuando tropecé con el dobladillo.

Al caer pesadamente contra la puerta, rasqué el pomo de esta, sabiendo instintivamente que estaba encerrada dentro.

Lágrimas enojadas y asustadas cayeron cuando enfrenté las implicaciones de mi encarcelamiento.

Me giré para estudiar la ventana, dándome cuenta de que no había escapatoria allí, pero me acerqué para ver por mí misma.

Abatida, me puse de rodillas mientras miraba el suelo al menos ocho metros abajo.

Permanecí así incoherente e inconsolable hasta que me di cuenta de que mi brazo y mis dedos estaban quemándome por la intensidad de ese sol abrasador.

Mirando hacia abajo, y notando la piel enrojecida, me alejé de la ventana apresuradamente, con recuerdos de la noche anterior inundándome de nuevo.

Con horror lo reviví todo.

CAPÍTULO VI

Vladimir dormía en ambiente seguro mientras su cuerpo se rejuvenecía.

Había llevado a Kristina, aprovechando la oscuridad de la noche, a su castillo.

Ver su respiración superficial mientras se acurrucaba contra él, sin saberlo, le trajo una nueva resolución para mantenerla con él para siempre.

La había envuelto en el más fino camisón y le había besado la frente.

Satisfecho por el bien que había hecho por los dos esta tarde pasada.

Una vez que la acomodó en su nuevo hogar, fue a encerrarse hasta la próxima puesta de sol.

Descansar era imperativo mientras los primeros rayos del alba se extendían por el cielo.

¡Su último pensamiento antes de sucumbir al dulce sueño fue que se había conseguido una gatita bien caliente!

* * *

Kristina se frotó los ojos ineficazmente como para borrar los recuerdos.

Todo esto sólo sirvió para reforzar el dolor de cabeza cegador que tenía.

Insegura de mi próximo movimiento, me senté acurrucada formando una bola apretada, haciéndome lo más pequeña posible.

La tristeza grabada en mi cara.

Quejumbrosamente ansiaba el regreso de mi anterior vida antes de que se fuera todo al infierno.

Fruncí el ceño, en concentración, sabiendo que había algo o alguien que había olvidado.

Luchando incesantemente, seguí ignorante.

Sea lo que sea, volverá.

Tenía que mantener la esperanza.

CAPÍTULO VII

Sorprendida de que mis pensamientos se hubieran alejado tanto, me sorprendió ver que la oscuridad se estaba formando afuera.

Estuve sentada todo el día.

Apretada, más allá de lo creíble, en mi postura doblada, me levanté torpemente, observando por primera vez el cuenco de agua en la esquina de la habitación.

Me arrastré con la intención de eliminar parte de la pegajosidad residual.

La pegajosidad que sabía tenía derramaba de sangre de virgen en mis muslos.

De repente enfurecida por lo que había perdido, me lavé furiosamente como cualquier despechada habría hecho retorciéndose infructuosamente sus manos.

Sintiendo su presencia, indignada por mi cautiverio y vulnerabilidad, me di la vuelta para enfrentarlo.

Dejando escapar un corazón que dejaba de llorar, me lancé hacia él con las uñas enroscadas para rastrillar su rostro.

Toda mi furia centrada en su arrogancia y presunciones.

Vladimir fácilmente capturó mi mano y la jaló hacia arriba detrás de mi espalda, acercándome a él.

Levantando el pecho, lo fulminé con la mirada, pensando en escupirle en la cara.

Luego lo pensé mejor, observando su expresión granítica.

Amotinadamente traté de mirarlo, arrogancia evidente en cada línea de mi cuerpo.

***

¡Vladimir se echó a reír!

Apreciando su espíritu y pensando que era hermosa en su furia.

Sabiendo que ella preferiría sacarle los ojos a la menor oportunidad, sabía que tenía que poner fin a este incansable e inútil esfuerzo de inmediato.

Con la intención de decantarla a su voluntad, él se inclinó, haciendo que Kristina inclinara su cuerpo hacia atrás.

Un pequeño grito agudo cruzó sus labios.

Luchó en vano, gimiendo, la rabia saliendo de su cuerpo ante su determinación de dominarla.

Satisfecho de que ella se diera cuenta de su poder y de su impotencia, esto lo hizo enderezarse una vez más.

Revelándose, hundió sus colmillos en su pecho, su crucifijo balanceándose salvajemente con sus movimientos bruscos.

Ella pronto se calmó y dejó que él bebiera hasta saciarse.

Con un brillo avaricioso en sus ojos, la inclinó contra la cama colocándola de tal forma que su vientre quedara contra el tablero inferior, exponiendo su culo hacia él.

Sin ceremonias, él levantó el camisón de su cuerpo y deslizó su polla dura dentro de ella.

Por su impertinencia él la folló duro, sin importarle si estaba lista para recibirlo.

* * *

Kristina, por su parte, se encontró a regañadientes respondiendo a sus embestidas.

Noto como se estaba preparando por el jugo que goteaba de mi coño.

El embate anterior me había excitado, la delgada línea entre rabia y pasión se cruzó sin esfuerzo en mi mente.

Con mi brazo todavía doblado detrás de mi espalda y mi cuerpo doblado hacia adelante, había poco que pudiera hacer.

Estaba colocada sobre las puntas de mis pies para acomodar la polla de Vladimir.

La tensión física solo aumentó nuestro acoplamiento.

Envainándolo en mi calor húmedo, lo llevé completamente adentro.

Cada impulso me acercaba a esa sensación etérea de la noche anterior.

Esto lo recordaba claramente, el resto de mi vida antes de él todavía envuelto en misterio.

Podía sentirme desmoronándome gracias a toda su polla pulsante, un suspiro de placer escapó de mis labios.

Ya no me importaba lo que había hecho antes, ya era entusiasta.

* * *

Vladimir sintió que Kristina le daba la bienvenida y se inclinó una vez más para hundir un solo colmillo en el costado de su cuello cuando él se volvió a estrellar contra su culo.

La satisfacción brillaba de él comenzando en el interior.

No queriendo dañar su piel de porcelana, él puso su lengua sobre donde había dejado la marca de perforación en su cuello, una vez más sellándola.

Lamió la sangre de su colmillo y le soltó el brazo.

Luego se alejó para permitirle el lujo de estar de pie.

CAPÍTULO VIII

Kristina se sorprendió agradeciendo el gesto y encogiéndose de hombros inconscientemente.

Gire mi cabeza y pase la punta de mi lengua sobre mis labios.

Me sorprendí al descubrir que tenía hambre de más.

Girándome, me abalancé sobre Vladimir, no con ira, sino con ardiente pasión.

Cogido por sorpresa, caímos al suelo.

Riendo encantada por la expresión de sorpresa en su rostro, curvé mis labios en una sonrisa malvada.

Era susceptible a las cosas que solo él me había hecho sentir, experimentar y olvidar.

Pensando en su polla en mi boca, avancé por su cuerpo hasta donde esta yacía temblando.

Arrodillándome entre sus rodillas, mi cara descansando en mis manos, la miré durante un rato.

La sedosidad de su cabello negro resurgía ante mi toque.

Extendí mis dedos a través de él, viendo cosas interesantes sucederle a su polla.

Saliva haciendo una aparición en las comisuras de mi boca.

Estaba hambrienta por su sabor y olor.

La impaciencia recorría su cuerpo por mi supuesta inercia.

Dejé que mis ojos se cruzaran con los suyos y una vez que fijé su mirada en la mía, moví mi boca sobre su polla.

Hechizada, atrapada en sus ojos oscuros, ojos llenos de fervor desenfrenado.

El frío helado chocó con el calor cálido instantáneamente.

Ninguno de los dos ya miraba a otro lado, festejando con el deseo correspondiente que nos envolvía.

Mi boca caliente y húmeda capturándolo, envolviéndolo.

Comencé a chupar como si mi vida dependiera de ello.

Profundizando mis trazos, mi lengua y mis labios corrían desenfrenados mientras su polla se hacía más grande aún.

Mis pezones se fruncieron mientras rozaban los costados de sus muslos y la alfombra debajo de nuestros cuerpos caídos.

Empujándolo aún más con mi mirada y mi boca, quería sacudir su mundo y dejar de lado su superioridad.

* * *

Vladimir leyó con precisión todas las emociones que se reflejaban en los ojos de Kristina.

Si ella pensaba que él iba a dejarse engañar por ella, estaba tristemente equivocada.

Dejándola tener su pequeña rebelión, él era realmente el vencedor mientras veía su cabeza balanceándose hacia arriba y hacia abajo sobre su polla completamente hinchada.

Su cabello negro cayendo libremente sobre sus muslos, la transpiración en su labio superior por sus esfuerzos.

Vladimir triunfante a su servicio.

Y ella estaba aprendiendo rápido.

"Se está convirtiendo en una buena chupapollas, una ventaja adicional para mi triunfo", reflexionó.

La animó aún más levantando las caderas hacia su ansiosa boca.

Sacudiendo salvajemente sus movimientos de lengua.

Vladimir sintió que la oleada final se acercaba, al igual que Kristina.

'AAAAhhhhhhhhhhhhhh!'

Su grito hizo eco a través de la habitación de la cama.

¡Joder, eso fue fantástico!

Grandes cantidades de semen salieron de su polla hacia su boca que estaba esperando.

Kristina lo capturó todo y siguió chupándolo.

Absorbió el último hilo de semen y exhaló ruidosamente.

Una vez que Kristina supo que él había terminado de saciarla, descansó su mejilla contra su muslo, lamiendo las últimas gotas de semen de sus labios.

CAPÍTULO IX

¡Kristina, ven aquí!

La voz era imperiosa.

Me había estado durmiendo contra su muslo, mi cuerpo reaccionó de inmediato al tono perentorio.

Resentida porque me habló así después de lo que compartimos, me quedé donde estaba.

No estaba aprendiendo esta lección de obediencia fácilmente.

Vladimir suspiró ante mi timidez y rodó a su lado.

Se puso de pie con gracia y se dirigió al armario al otro lado de la habitación.

Al abrir las puertas cerradas con llave, miro lo que había allí almacenado.

Fingí indiferencia y cerré los ojos.

Sobre mi espalda, estiré mi cuerpo lánguidamente contra la gruesa alfombra.

Debe haber encontrado lo que estaba buscando porque estaba una vez más a mi lado.

¡Plaf! ¡Plaf! ¡Plaf!

Sorprendida, me di la vuelta o, más bien, intenté hacerlo, mis manos volando hacia mis pechos desnudos.

Vladimir se había sentado a horcajadas sobre mis muslos y cuando levanté la vista pude ver el látigo de mango largo que llevaba.

A punto de atacar de nuevo, fruncía el ceño con intensidad e impaciencia.

Lo había enojado con mi continua oposición.

Estaba esperando el próximo golpe de castigo, porque de hecho era un castigo.

Con temor reemplazando esa satisfacción, mi sonrisa desapareció.

Mis ojos se abrieron totalmente en sus orbes sintiéndome perdida e indefensa, sin escape evidente.

¡Con mi respiración rápida y su tranquilidad, me estaba volviendo loca!

Bailó el látigo al azar, golpeándolo ligeramente sobre mi piel, no con dureza, pero con la fuerza suficiente para imponer su voluntad sobre mi insolencia.

Necesitaba aprender la humildad y la sumisión rápidamente o no sobreviviría cuando el látigo me castigara de nuevo.

***

Vladimir estaba de mal humor, sus conmociones retorcían sus hermosos rasgos.

No era violento a pesar de sus tendencias naturales.

Él prefería cautivarla con su comportamiento y encanto, pero como último recurso haría esto, exhibiría esta demostración física de sus poderes.

Para su disgusto, lamentó el punto al que habían llegado.

Sin embargo, él no marcaría su piel y no tenía intenciones de romper completamente su espíritu, solo quería que fuera más atenta a sus necesidades.

Los vampiros también las tenían.

Repetitivamente cubrió todo su cuerpo con esas caricias.

Esgrimió el látigo, con el que tenía una larga práctica, hasta que finalmente lo dejó en la parte posterior de sus pies.

Su paciencia reafirmándose nuevamente ante su conformidad y su mansedumbre al aceptar su supremacía.

Kristina era un rival para él en múltiples formas, pero no cuando se trataba de su autoridad, anulando todo lo demás, sin lugar a dudas.

***

Kristina suspiró cuando finalmente dejó caer el látigo.

Quizás someterme a él sería mi penitencia y mi salvación.

Vladimir extendió una mano para levantarme.

Agradecida me mostré por ello.

Al levantarme, enrede mis manos en los mechones de pelo en su pecho.

Juguetonamente el tiró de mis rizos de abajo, insertando un dedo y luego dos estirándomelos.

Colocando mis manos sobre sus hombros separé mis piernas para estabilizarme.

Enredando mis ojos con los suyos de nuevo, sentí su poder, mi respiración aumentaba.

Sus dedos resbalan con mis jugos moviéndose rápidamente ahora.

Los llevó rápidamente a nuestras respectivas bocas y los amamantamos.

Mis ojos se dilataron al probarme a mí misma, los suyos también.

Luego volvió a descender para repetir el proceso.

Los jugos fluían hacia mis muslos por lo que me retorcí contra esos dedos queriendo aún más.

Temblores se deslizaban desde mi vientre.

Mi coño latía y se deleitaba contra sus dedos mágicos.

Metiendo mis dedos en su cabello, acerqué su boca a la mía.

Saboreándolo, metí mi lengua adentro para pelear con la suya e imitar lo que estaba sucediendo en otros lugares.

Dios, era impresionante.

Gruñí en su boca cuando llegué gloriosamente por esos dedos inquisitivos.

Rompiendo el beso, giré mi rostro hacia su pecho para disfrutar de los efectos persistentes de mi orgasmo.

CAPÍTULO X

Una vez que Kristina se recuperó, la trasladó a la cama.

Cayendo sobre la ropa de cama desparramada, se pusieron a hacer algo que realmente no habían hecho antes de este punto.

Lentamente, pensativamente exploraron los cuerpos del otro.

Manos y labios buscando tesoros sin descubrir y partes relativamente intactas.

Vladimir hizo rodar a Kristina sobre su vientre y le dejó las manos libres.

Amasando y dando forma a los delicados músculos de su espalda, la besó por la columna hasta las plantas de los pies.

Haciéndole cosquillas con la lengua, él le hizo poner una sonrisa en los labios.

***

Pensativa, me puse de espaldas haciendo señas con las manos y atraje a Vladimir hacia mí.

Cerrando mis brazos alrededor de él, maravillada por la fuerza de tensión en todo su cuerpo.

Envolví mis piernas alrededor de su cintura descansando allí.

Tomé su rostro entre mis manos y tensé sus labios con los míos derritiéndome en el beso.

Encantada con su ternura, seguí adelante.

Su piel impactaba sobre la mía.

Me moví contra ella ansiando el contacto.

La satisfacción recorría mis venas.

***

Vladimir estuvo dispuesto a seguir a donde ella conducía esta vez.

Su polla revolviéndose contra la humedad continua de su coño buscando la entrada oculta.

Él rozó su pulgar contra su clítoris haciendo que una pequeña exclamación cayera de sus labios separados.

Al recibir su señal no pronunciada en voz alta y clara, él se relajó en su calidez.

Trazos lentos, largos e incluso en acompañamiento con el pulgar.

Ella movió las caderas y lo atrajo más hacia sí misma.

El amor que tuvo lugar entonces fue dulce y sincero.

* * *

Kristina practicaba apretar los músculos contra su polla dura.

Pulsante, mis tobillos lo encerraron en mi calor.

Instintivamente me estiré hacia arriba para mordisquearle el pecho.

El pequeño miembro ahora estaba formándose allí entre mis juguetones pezones.

Lamiéndole el cuerpo, sacudí mis caderas.

Pura alegría se extendió por mi cuerpo ante las respuestas de Vladimir.

Disfrutando el impacto que fomentamos el uno en el otro.

Sin pensar, sin tiempo ni realidad, nos entregamos el uno al otro.

“Mi señor Vladimir, me quedaré con usted para siempre”.

“Kristina, por tu libre albedrío, acepto tu oferta”.

Cerramos nuestro trato durante el resto de la noche.

TERCERA PARTE
ANĐELKO

CAPÍTULO XI

Una vez más, Kristina se encontró sola al despertar.

Sin embargo, fue con el pleno conocimiento de ambos que habían sido completamente saciados la noche anterior.

Una pequeña sonrisa apareció en sus labios mientras se estiraba lujuriosamente y daba la bienvenida al día.

Le dolía el cuerpo, pero era con una sensación de bienestar.

De repente, se dio cuenta de lo que la había hecho emerger de los deliciosos sueños que había estado experimentando.

Golpes fuertes en la puerta principal.

¡Plaf! ¡Plaf! ¡Plaf!

Y una voz gritaba agitada y levantada de ira.

Pensativamente, se puso la bata que Vladimir le había dejado, y se apresuró hacia la ventana.

¡Stankov!

¿Qué estaba haciendo el hermano de Andrej aquí?

Él golpeó su puño una vez más hacia la puerta con frustración y dio vueltas frente al portal.

"¡Stankov!" Ella gritó en respuesta a su angustia.

Él volvió su mirada furiosa hacia su rostro.

"¿Qué haces aquí? Pensé que nadie me extrañaría o vendría por mí".

"¡Kristina! ¿Estás bien?" Su voz ronca, fuerte y llena de alivio. "He venido para llevarte de regreso a donde perteneces. Goran vio a ese demonio arrastrarte y te hemos estado rastreando estos dos últimos días. Ven, Kristina, el día crece y debemos estar lejos rápidamente".

Su urgencia se tradujo en ella, pero ella sabía que no podía ser.

Vladimir lo mataría a golpes junto con todos los demás aldeanos.

"Debes detenerte, Stankov. Ahora pertenezco a Vladimir". Se retorcía las manos al decir esto y esperaba que la aprensión que sentía no se comunicara con Stankov. "No puedo ir contigo. Me he sometido a él y acepto mi destino".

"¡No puedes decir eso Kristina! Si amaras a Andrej no estarías diciendo esto". Rápidamente se persignó. "Te avergüenzas a ti misma y al recuerdo de mi hermano. Ahora, ¿sales o voy a entrar?"

Ella comenzó a entrar en pánico.

Stankov era terco y podía ser violento.

Había atormentado a su gentil Andrej mientras crecía, burlándose de sus sueños y burlándose de ella como su elección.

Stankov había decidido hacía mucho tiempo que la tendría y cuando ella rechazó sus avances, se enfureció.

Stankov incluso había tratado de comprometerla, intentando abusar de ella.

Su Andrej, sabiendo que la verdad se había puesto del lado de ella, la defendió.

Esto la había llevado a ser marginada de la aldea.

Oh, odiaba a Stankov ferozmente.

Él era la fuente de gran parte de su infelicidad.

Stankov había incitado a Andrej a unirse al ejército del Kaiser.

Sus ojos ardieron con desprecio.

La usaría egoístamente y la entregaría a sus amigos.

Estaba agradeciendo a Dios ahora que Vladimir la hubiera encontrado.

Qué extraño giro habían dado los acontecimientos.

La transpiración se formó en su labio superior.

Tenía que pensar y elegir sabiamente sus palabras.

"Stankov, he encontrado un nuevo hogar y deseo residir en paz. Puedes tener todas mis posesiones, solo vete y déjame en paz. Mi decisión está hecha".

Ella trató de aplacarlo, la súplica enroscando su voz.

Stankov era codicioso; él podría seguir por la idea.

Odiaba ser tan pusilánime, pero sus opciones eran muy limitadas.

Él gruñó:

"Esto no ha terminado, Kristina. ¡Volveré y te tendré! Solo has pospuesto lo inevitable". Su voz se llenó de alegría sádica. "Y te haré pagar por no marcharte ahora".

Giró bruscamente sobre sus talones, llamando a Goran.

Se tambaleó en dirección a los caballos.

¡Zoquete! Pensó ella.

Era alto, pero con los hombros encorvados y el cabello fibroso y grasiento.

Su aliento era ofensivo y sus dientes ennegrecidos.

Sin embargo, su aspecto descuidado no disminuía la potencia en su cuerpo.

Su pecho y brazos se ondulaban con músculos y sus muslos estaban poderosamente construidos.

Su zancada se alargó, echó un último vistazo a donde ella estaba enraizada.

Era todo lo contrario de Andrej, ella suspiró.

Donde Stankov era toda fuerza bruta, Andrej había sido poesía y belleza.

Oh, realmente cómo lo extrañaba.

Ella dejó escapar un suspiro de alivio cuando se fueron, pero ahora, ella se había quedado con sus recuerdos de Andrej.

Lloró en silencio, con las lágrimas corriendo por sus mejillas mientras se desahogaba.

La risa y la alegría que habían compartido juntos.

La gentileza de sus besos, tan dulces y con amor.

El dolor llenó su alma una vez más por su pérdida.

CAPÍTULO XII

Vladimir se agitó y gruñó mientras dormía.

Sintió que las cosas no estaban bien y eso lo enfureció mucho.

Buscó con la mente el paradero de Kristina, contento de que ella estuviera en su habitación.

Él frunció el ceño al ver sus lágrimas y se sintió frustrado porque era demasiado pronto para ir hacia ella.

Intentó conectarse con su mente para buscar sus respuestas, pero la encontró cerrado para él.

Esto no se debe cambiar.

Reflexionó.

Tan decidida como es, también debe aprender esta forma de comunicación.

Sabiendo que no podía hacer nada por el momento, decidió conservar su fuerza y llegar al fondo del asunto cuando saliera a la superficie.

* * *

Kristina sintió un roce de algo deslizándose en el borde de su mente.

Momentáneamente distraída, trató de encontrar la fuente de su incomodidad.

La futilidad se encontró con sus esfuerzos.

Suspirando, se limpió las lágrimas de los ojos y se alejó de la ventana.

La habitación estaba hecha un desastre debido a sus travesuras de la noche anterior.

En realidad, esto la hizo sentirse mejor, recordando haber sido amada anoche.

Ella decidió que era hora de tratar de explorar su nuevo hogar.

Instintivamente y sabiendo que encontraría la puerta sin bloquear, la abrió en un pasillo adornado.

¡Oh! Ella respiro.

La magnificencia la rodeaba por todas partes.

Las molduras que separaban las paredes del techo estaban talladas en madera clara.

Escasamente amueblado con bustos, estatuas y alfombras bellísimas, el vestíbulo se extendía a lo largo de la casa con puertas intercaladas periódicamente.

Su curiosidad natural surgió y comenzó a explorar con desahogo.

Al asomarse en las habitaciones, por fin encontró la habitación de Vladimir.

Decir que era masculina sería un eufemismo.

Su magnífica cama tenía una cabecera y un zócalo elaboradamente tallados.

Su armario repetía el mismo toque oscuro que vestía.

Había cadenas y puños unidos en cada poste.

Vacilante se acercó a ellos y pasó un dedo por uno.

El brazalete estaba hecho del cuero labrado más fino del mundo, el interior forrado con la piel de lobo más suave.

Ella se estremeció ante las implicaciones de esto.

Pero ya no tenía miedo de su amante oscuro.

Acercándose al lado de la cama, levantó una rodilla hacia la colcha y se abrió paso a través de la amplia extensión para deleitarse con su sensación satinada.

Sintiéndose decadente, se estiró y se deleitó con la frialdad inherente allí.

Sonriendo en éxtasis, cerró los ojos, imaginando sus manos sobre su cuerpo, sometiéndose a su voluntad nuevamente.

A pesar de su reciente pérdida, sintió que ya pertenecía aquí y detestaba abandonarlo.

Acurrucada sobre su costado, se deslizó en un ligero sueño.

***

Al despertar varias horas después, con el cabello suelto envuelto alrededor de su cuerpo, comenzó a explorarlo, buscando los lugares que más le agradaban a Vladimir.

Su mano se demoró en su pecho, su pezón se frunció por un minuto, recordando la sensación de sus labios y colmillo allí.

Caminó de puntillas hasta su vientre y barrió con una mano allí, aun yendo más abajo, perdida en el encanto de las caricias recordadas.

Finalmente, su mano alcanzó sus rizos inferiores, ligeramente humedecidos ya con sus esfuerzos.

Deslizando un dedo contra sus pliegues, encantada introdujo su dedo con su creciente emoción.

Cerrando los ojos, jugó aquí y allá, abriéndose a la experiencia, algo que nunca había hecho antes.

CAPÍTULO XIII

Vladimir, finalmente despierto, agudo ante los sentimientos que Kristina estaba explorando, se alegró de encontrarla en la habitación de él.

Su cuerpo vibraba al identificarse con ella tan de cerca, habiéndola probado, nunca perdería esta conexión.

A pesar de su hambre insaciada, decidió ir a jugar con ella por un tiempo.

Esperaría hasta que ella se durmiera todas las noches para ir a cazar.

Su mente ansiaba su inteligencia y su ingenio, cuando ella se lo mostraba.

Su cuerpo ansiaba el de ella, tan ansioso por aprender todo lo que ella tenía para ofrecer, y finalmente, mientras ansiaba transformarla, sabía que no lo haría.

Al menos no todavía.

Disfrutaba de su calor y su humanidad, ninguno de los cuales estaba dispuesto a perder.

Levantándose, se dirigió rápidamente a su dormitorio, ansioso por disfrutar de su carne joven una vez más.

Al abrir la puerta, se quedó paralizado por un momento, observando cómo ella misma se complacía.

Su respiración aumentaba con cada uno de sus golpes.

La mirada de Kristina se clavó en la de él, y su audacia aumentó.

Abriendo las piernas más, invitando a una inspección más cercana, se arqueó sinuosamente en la cama, mirándolo.

Ah, pensó, esta noche está interpretando a la zorra y la tentadora.

Lentamente extendió la lengua y se lamió los labios con anticipación.

***

No estaba segura de cómo proceder, pero a Vladimir no parecía importarle.

Se movió lenta y grácilmente al borde de la cama y comenzó a quitarse la ropa, apilándola ordenadamente en el banco que residía cerca de la cama.

Su cuerpo en el suave resplandor de la luz de las velas, revelándose a sus ojos dilatados.

Su pulso latía fuertemente en la base de su garganta, su pecho subía y bajaba con los pezones endurecidos, su abdomen tenso atraía sus ojos por un segundo.

Nunca había tenido la oportunidad de apreciar completamente su cuerpo, pero ahora se estaba tomando el tiempo para saborear lo que él había provocado, y seguía jugando consigo misma mientras lo hacía.

Sus poderosos muslos y musculosas pantorrillas solo la envalentonaron aún más, especialmente al ver lo grande que era su pene, completamente extendido.

Se levantó para tumbarse contra su bajo vientre.

Su Vladimir se paró con orgullo y sin vergüenza frente a ella, animándola a que le viera por completo.

Él se dio media vuelta lenta para mostrarle la espalda.

Los músculos que le ondulaban por todo su cuerpo ante su aliento expulsado.

Le picaban los dedos para acariciarle la espalda, rastrillarle las uñas allí, moldearlo bajo sus manos.

Sus nalgas firmes, redondeadas y duras la dejaron sin aliento.

Frente a ella de nuevo, apoyó una rodilla en la cama y avanzó sobre su temblorosa forma.

Uno de sus dedos cubrió los de ella, el que se movía contra sus sensibles labios, y él se movió con ella.

Podía ver que él estaba disfrutando de la mancha de saliva que ahora se transfería a su dedo.

Con una mirada, levantó el dedo para saborear lo que había depositado allí.

No se pronunciaron palabras, ninguna era necesaria.

De repente oyeron un leve alboroto que se acercaba.

Frunciendo el ceño, su rostro enfurecido rápidamente por esta interrupción, Vladimir se acercó a la ventana y entreabrió la cortina, para atisbar.

Se volvió hacia ella, una máscara terrible que la asustó un poco por su intensidad.

"¡Aldeanos! ¡Llevan antorchas y cruces! ¿Qué sabes de esto, Kristina? ¡Dime rápidamente porque si no habrá sangre si continúan con esto!"

Literalmente el veneno salía de su boca mientras escupía al hablar.

"Mi señor." Ella tembló, y rápidamente le contó la visita de la mañana de Stankov y Goran.

"¡Bah! ¡Me ocuparé de esta insurrección! Debes quedarte dónde estás, ¿me oyes?" Él casi lo tronó hacia ella.

Ella asintió mansamente su mandato.

Se vistió con un poco de prisa y se fue, cerrando la puerta desde el exterior.

Cuando esto se sucedió, corrió hacia la ventana.

Su respiración casi se detuvo mientras esperaba la confrontación.

Ese tonto, Stankov encabezaba el grupo que se acercaba rápidamente.

Desde su posición privilegiada, pudo ver a Vladimir salir, con dos perros lobos de la estepa a su lado.

Vladimir imperiosamente se preparó para la segura confrontación.

Unos pocos miembros del grupo atacante mostraron vacilación en sus pasos, pero Stankov se adelantó con una mirada determinada en su semblante.

"¿A qué le debo el placer de su compañía?" Vladimir elegancia en su voz.

Kristina no esperaba eso.

Ociosamente esperó al grupo, parecía indiferente ahora en comparación con unos minutos antes en el dormitorio.

Una mano apoyada en cada una de las cabezas de los sabuesos.

"Se dan cuenta de que el tratado se ha aplicado por casi un siglo. ¿Por qué romperlo ahora?"

Sus cejas levantadas agregaron profundidad al significado de sus palabras, tan agradablemente como estaba hablando en ese momento.

Kristina pudo ver la rabia apenas controlada temblando bajo su comportamiento.

Su paciencia estaba siendo duramente castigada en este momento.

"¡Tráenos a la chica, tú! Nuestro acuerdo residía en que no interferías con los asuntos de la aldea. Tu comportamiento abominable nos ha traído aquí. No me iré sin la chica". Stankov escupió al suelo.

"Tal insolencia de un cachorro joven. Ten cuidado con tus palabras y hechos. Kristina me pertenece ahora. No me importan tus atenciones. El contrato también tenía un código que indicaba de que, si alguien como ella me llamaba, tendría derecho a ella. Para asegurar la prosperidad continua de tu aldea, reclamaría una como mía cada cien años. Ya era hora. ¡Los ancianos de tu aldea que firmaron el pacto tenían más respeto! ¡Bah! ¡Vete! ¡Antes de que tengas motivos para arrepentirte! "

Kristina contuvo el aliento, observando la escena que se desarrollaba ante ella.

¿No era nada más que un objeto para ser intercambiado?

Sus preocupaciones iniciales por todas las partes se desvanecieron cuando contempló esta idea.

Ella descubrió que no le gustaba la idea en lo más mínimo.

¡Tonta! Se reprendió a sí misma. ¡No seré tratada como tal!

Miró a su alrededor buscando un medio para escapar de los confines de la habitación, la determinación evidente en cada paso.

Se vistió y se recogió el pelo al azar, mirando a cada lado para encontrar una posibilidad de abrir la puerta.

* * *

Vladimir estaba ligeramente divertido por los pensamientos que corrían por su mente.

Trataría con ellos más tarde.

El problema inmediato era tratar con el motín y, a pesar de los gruñidos de garganta bajos de Darija y Roko, el pequeño grupo continuaba ante él, desafiante.

Estaban equipados con horcas, estacas, cruces y antorchas.

La diversión de Vladimir se multiplicó por diez.

¡Bah!

Imaginó que habían escuchado demasiadas leyendas antiguas que no tenían ningún valor.

Dio un paso adelante y por la fuerza de su personalidad hizo que retrocedieran colectivamente, a excepción de Stankov.

La pura voluntad lo hizo mantenerse firme.

El hombre era todo lo tonto que Vladimir pensaba.

"¡No me asustas! ¡Quiero lo que es mío! ¡Lo que me prometí a mí mismo! Andrej era débil; ¡no sabía cómo manejar a una mujer tan ardiente como Kristina! ¡Y la tendré!"

Stankov pisoteó el suelo con una bota y trató de llevar la antorcha encendida sobre la cara de Vladimir.

Los sabuesos saltaron al aire y derribaron a Stankov, clavándolo en el suelo.

Sus dientes, entre gruñidos, apenas rozaban la carne de su rostro.

Incluso caído de espaldas, Stankov miraba desafiante a Vladimir.

"¡Están probando mi paciencia! ¡Váyanse todos ustedes! ¡Ahora! ¡Antes de que libere a los sabuesos del Infierno! ¡Antes de que tome a sus mujeres y niños y los convierta en mis sirvientes! ¡Antes de maldecir sus campos para que yazcan en barbecho y a ustedes muertos de hambre! ¡Soy omnipotente y destruiré completamente a cualquiera que se oponga a mi voluntad! "

Los ojos violetas de Vladimir parecían brillar con un tinte rojo y estaba más pálido que antes.

Descubrió sus colmillos y les dirigió una sonrisa impía.

Puntuando sus palabras sin que pareciera que necesitaba ningún esfuerzo, hizo que Stankov se levantara del suelo y levitara incrédulo.

Los aldeanos dejaron caer sus implementos y corrieron tan rápido como sus piernas podrían llevarlos, para nunca más volver a la mansión.

Stankov tembló violentamente y buscó un alivio por el dolor que viajaba por su cuerpo, como si estuviera cubierto de hormigas de fuego y atormentaran su carne.

Se estremeció y tembló con una voz llena de dolor que suplicaba a la criatura delante de él:

"¡Me iré! ¡Me iré! ¡Déjame ir, ya no te molestaré más!"

"¡Has incurrido en mi ira, campesino! Ya no tienes libertad de elección. ¡No encuentro compasión por ti ni por tu situación! Tus intenciones hacia Kristina no quedarán impunes. Como tal, estás condenado a caminar por la Tierra a partir de este momento como un muerto viviente. Sin poderes. Serás vulnerable a lo que sea que te suceda. Te defenderás por ti mismo y nadie te ayudará. ¡Repito que nadie podrá salvarte! "

Con eso, Vladimir le mordió el cuello, drenándolo hasta casi la muerte, dejándolo colgado en el equilibrio entre la vida y la muerte.

Permitió que Stankov cayera al suelo y observó a Darija y Roko arrastrarlo con los dientes fuera de su vista.

Dejó la marca y el olor de su disgusto impregnando el aire alrededor de Stankov.

Sabía que sus compañeros vampiros dejarían a alguien como él que siguiera solo para su condena.

Nadie se ofrecería a salvar su pellejo sin valor.

Con una sonrisa satisfecha mostrándose en sus labios, Vladimir se volvió para tratar con Kristina y su furia ardiente.

CAPÍTULO XIV

Anđelko, el querido criado de Vladimir, escuchó los gritos de frustración de Kristina.

Se apresuró hacia la puerta, escuchándola despotricar y delirando mientras él intentaba abrir el seguro de la cerradura.

Pero dudó, inseguro de la causa de su enojo.

"¿Señora Kristina? Soy Anđelko, el sirviente de Vladimir. ¿Puedo ayudarla de alguna manera?"

"¡Déjame salir!" Golpeó contra la puerta en un estallido de ira renovada.

"No entiendo lo que ha sucedido aquí y no incurriré en agravar la ira del Maestro Vladimir". Dijo simplemente. "Estoy seguro de que cuando el Maestro Vladimir haya lidiado con la insurrección en su puerta, volverá a verla".

"¡Me dejarás salir ahora, Anđelko! ¡No soy un pedazo de carne por el que puedan pelear los perros! ¡Tu maestro tiene mucho por lo que responder!" Kristina siguió golpeando la puerta.

"Ah ... ¡aquí ya viene el Maestro!"

Anđelko se sintió aliviado, a pesar de ver las brasas acumuladas de ira reciente todavía presentes en la cara de Vladimir.

Se inclinó en silencio y se dirigió hacia la cocina para prepararles una comida ligera.

Vladimir reconoció a Anđelko, colocando una mano sobre su hombro en camaradería y le guiñó un ojo.

Anđelko se echó a reír en silencio, sabiendo que Kristina iba a recibir una regañina por su comportamiento, ¿o sería al revés?

Vladimir entró en la habitación e inmediatamente levantó una mano para protegerse de los diversos objetos que Kristina estaba lanzando hacia él.

Su cuerpo se retorció de diversión ante su ira.

Cómo le encantaba verla así.

Casi como una Valquiria vestida para la batalla.

Su cabello giraba alrededor de ella sin inhibiciones.

Su postura plantada mientras descuidadamente se acercaba a él para lanzarle los objetos.

Su pecho se agitaba, los orbes se le asomaban por la parte superior de su túnica.

Su piel estaba enrojecida y su respiración dificultosa.

Vladimir lo asimiló todo de un vistazo.

Un momento estaba de espaldas a la puerta, al siguiente tenía a Kristina clavada contra su pecho.

"¡Aargh! ¿Cómo hiciste eso? ¡Bestia! ¡Criatura demoníaca! ¡Me mentiste! ¿De qué pacto hablaste? ¡Quiero irme de inmediato! ¡No tienes derecho a mantenerme aquí!"

Ella se agitaba con pasión y vigor renovado, tratando de salir de sus brazos.

Sus primeros sentimientos de ternura por él se olvidaron en su ira.

Vladimir en realidad levantó los ojos hacia el cielo por un momento, rezando por paciencia.

No había olvidado cómo hacerlo, ya que había sido un hombre devoto antes de su transformación.

Y una prueba para su paciencia era ella en este momento.

La sacudió suavemente, capturando sus ojos con los suyos.

"¡Debes desistir de esto, Kristina, de inmediato! Te diré todo, pero esta actitud se detiene ahora. Ahora, cálmate y escucha lo que tengo que decir".

Kristina lo miró con desconfianza, su pecho aún apretado contra Vladimir.

Esto le causó una contracción inferior que ignoró por el momento.

Él agarró su mano y la condujo hacia la puerta, para su sorpresa.

Atravesaron el pasillo hasta la gran escalera que Kristina no había tenido la oportunidad de explorar antes y a continuación entraron en el comedor.

Vladimir ayudó a Kristina a sentarse en una silla y rápidamente se movió a la suya.

Anđelko silenciosamente les sirvió una comida fría con vino y se retiró a la pared del fondo para esperar más instrucciones.

Kristina miró a Anđelko bruscamente y por primera vez, un destello de recuerdo cruzó por su rostro.

Parecía vagamente familiar y, sin embargo, él no podía ubicarlo.

Anđelko, por su parte, se movió con inquietud ante la franqueza de su mirada de color esmeralda.

Se preguntó si Vladimir estaba preparado para hablar de todo.

No estaba seguro de si le gustaría el cambio que ella podría experimentar si supiera quién era él realmente.

* * *

Kristina le estaba mirando y veía a un hombre alto, pero un poco más bajo que Vladimir.

Anđelko tenía ojos azul claro con iris de color azul marino, pestañas largas, que generalmente no se encuentran en un hombre, pómulos altos y prominentes, y una nariz ligeramente torcida por haberse roto de joven.

Tenía los labios bien carnosos, con líneas de risa bordeando las comisuras de su boca.

Tenía el pelo rubio largo y rizado que le rozaba la nuca mientras caía hacia la parte baja de la espalda.

Sus antebrazos estaban poderosamente construidos según lo que ella podía discernir al verlos debajo de sus mangas enrolladas.

Y la camisa blanca de garganta abierta fluía con gracia hacia sus simples pantalones de campesino.

Su cuerpo denotaba su abundante pasado campesino, pero estaba bien proporcionado.

"Kristina". Vladimir respiró para llamar su atención de Anđelko. "He vivido mucho y bien, aunque a veces estoy solo. Al buscar una forma de calmar mi sed, los aldeanos sintieron que su número de gente estaba menguando. En un esfuerzo por la concordancia, acepté abstenerme de ser indiscriminado en mis tratos con ellos y ellos a su vez acordaron brindarme protección durante las horas del día. Entonces, viajé más lejos para satisfacer mis necesidades y esos viajes me proporcionaron a mi amado Anđelko y difundieron la palabra de que iba a estar ileso. Este es el pacto sobre el que ese idiota Stankov. También contenía una cláusula que decía de que, si surgía nuevamente mi necesidad de compañía, era libre de buscar esa compañía entre los aldeanos si la limitaba a una vez cada cien años. Nuestro acuerdo ha sido beneficioso para todos."

"¿Por qué no sabía de este pacto? ¿Y por qué yo?"

"No sabía que los aldeanos guardaban el contenido como un secreto. Como la familia de Stankov había anhelado un puesto de autoridad y fueron los autores del pacto, podrían haberlo guardado para evitar conflictos. En cuanto a ti, tu dolor cantó en mi corazón. Fue así de simple. Y era el momento en mi estimación de una amistad como la que me has proporcionado ".

Kristina lentamente le dio vueltas a esto en su mente.

"Muy bien, puedo aceptar eso al pie de la letra. Realmente me has prestado una gran ayuda al traerme aquí. No sé cuánto tiempo más habría sobrevivido por mi cuenta. Andrej fue mi todo y al perderlo ... ya no tenía la voluntad de continuar ".

Soltó un largo suspiro y apartó los mechones de su cabello de su rostro.

El corazón de Vladimir dio un vuelco al verla, sus movimientos y su aceptación.

Aceptación simple.

Le reforzaba que había elegido sabiamente y que era una mujer para permanecer a su lado.

Él sonrió levemente antes de continuar.

"Anđelko fue parte de mi trato con los aldeanos. Realmente se ofreció como voluntario y la razón por la que te parece algo familiar es que es el tatarabuelo de Andrej. Decidió irse, eligió ingresarme al servicio en un esfuerzo por evitar la contienda. y miedo a que alguien más lo hiciera o que se llevara a cabo una lotería. Era un hombre valiente y lo atesoro de todo corazón. Había perdido a su esposa años antes y sus hijos habían crecido. Ha sido un compañero invaluable para mí y así tú debes de tratarlo como tal también. No pretendo ser duro contigo, pero en este punto soy firme. Kristina. ¿Me entiendes?

Kristina había inhalado bruscamente una vez más al escuchar esto.

Estudió a Anđelko con renovado vigor, haciendo que el hombre se sonrojara.

"¿Cómo es que vive, Vladimir? ¿Cómo está ahí parado ante nosotros como un joven robusto, si es un pariente lejano de Andrej?"

Anđelko dio un paso adelante para responder.

"Señora Kristina, Vladimir me ha hecho su sirviente en todas las formas posibles, incluso usándome como donante sustituto en ocasiones. Al hacerlo, me ha dejado sin envejecer, y conservo mi juventud. He tenido el privilegio de observarla desde lejos y había visto cómo estabas con Andrej. Me complació que mi señor hubiera elegido tan sabiamente. Tu propia gentileza y el amor que sentías por él eran evidentes. Hubiera sido un honor saber que tienes la protección de Vladimir. Andrej a menudo se preguntaba si él podría ser útil para Vladimir, pero entendió que ese no era su camino en la vida ". Anđelko le explicó suavemente a Kristina.

Ella se sorprendió una vez más.

"Andrej no compartió nada de esto conmigo. No había sabido de Vladimir más allá de estas dos noches en adelante. Me complace conocerte, Anđelko. Y gracias por tus amables palabras". Kristina continuó mirándolo con asombro, viendo algo de la semejanza de la familia con Andrej, las partes que habían pasado junto a Stankov.

* * *

Anđelko le sonrió amorosamente.

Ella también era digna de su Maestro.

Su espíritu solo era un rival para él.

Anđelko estaba contento con cómo habían salido las cosas, ya que conocía el destino de Andrej desde hace algún tiempo.

Sin embargo, el papel de Kristina solo se estaba volviendo claro para él.

Pero con el tiempo, si fuera así, ella se enamoraría del Maestro y él no podría pedir nada más.

Esperaba que ella se quedara, aunque solo fuera por su dinero, ya que Vladimir se aburría fácilmente y necesitaba ser molestado de vez en cuando.

Anđelko ahora sonrió con picardía ante eso.

* * *

Kristina volvió su mirada a Vladimir.

Ella lo miró cuidadosamente, probando su resolución.

Sopesando sus pensamientos, se aventuró.

"Está bien. Como dije antes, puedo aceptar lo que está sucediendo. Incluso puedo aceptar que Andrej no compartiera esto conmigo. Sin embargo, tengo algunas preguntas".

Vladimir arqueó una ceja ante esto, preguntándose hacia dónde estaba corriendo su fértil imaginación ahora.

Esperó pacientemente a que ella comenzara.

"Como quieras, querida. Pregunta sin problemas".

"¿Cuál es mi papel? Quiero decir, aparte de ser tu amante, ¿tengo algún propósito?"

"Puedes ser lo que desees, Kristina. Puede sólo estés a mi lado, pero te cuidaré bien y te adoraré como deberías ser adorada".

Pequeños latidos de pasiones atravesaron su cuerpo al escuchar esto.

Vladimir había encontrado su camino hacia el torrente sanguíneo y la hacía sentir atesorada.

Ella suspiró con anhelo.

"Entonces deseo lo que deseas para mi Señor. Sin embargo, tengo habilidades en las artes medicinales y desearía continuar atendiendo a los aldeanos. A pesar de toda la animosidad reciente, todavía me permitieron esas atenciones. ¿Sería esto adecuado?"

"Sí, puedes atender a los aldeanos. Sin embargo, dado que es evidente que Stankov no puede descansar en su propósito, exigiría que Anđelko asista a tus visitas contigo. Esto no es negociable Kristina".

Kristina respiró expresivamente ante su alta disposición, pero capituló.

No tenía ganas de enfrentarse a Stankov otra vez.

"¿Qué ha sido de Stankov, Vladimir?"

"Está en un estado de cambio, en el que permanecerá. Ni completamente en este mundo ni en mi mundo. Se le ha despojado de su ser mortal y, sin embargo, caminará entre su gente una vez más. Perderá su estatus dentro de la aldea de Split y le resultará difícil mantenerse a sí mismo. Fue sentenciado a esto no por su intento de desafiarme, sino por su codicia inquebrantable al querer poseerte a ti misma. Puede conocer algunos de los pensamientos de su corazón oscuro, pero no los conozco todos ".

Vladimir detestaba revelar tanto sobre él, pero sabía que Kristina persistiría en conocer toda la verdad.

* * *

Kristina se preocupó un poco por las noticias, pero luego asintió con la cabeza.

¿Qué opción tenía ella realmente?

El juicio había sido realizado e incluso Anđelko había mostrado su acuerdo.

Los pensamientos revolotearon por su mente ante la situación y se preguntó hasta qué punto los dos hombres, vampiro y sirviente, habían planificado el futuro reciente.

Sabiendo que no podía cambiar lo que habían hecho, cambió de orientación una vez más.

Tomó su comida pensativamente mientras buscaba el coraje para hacer su próxima pregunta.

"¿Yo debo ser como tú, Vladimir?"

Ella lo dijo con tanta prisa que en realidad salió como ¿yodebosercomotuVladimir?

Vladimir dijo con toda naturalidad:

"Eso queda por verse, Kristina. Tú tomarás esa decisión, no yo. Como yo mismo tengo dos opiniones sobre el asunto, cumpliré tus deseos. Sin embargo, permíteme reiterarte que siempre me pertenecerás. Tu liberación vendrá con tu muerte natural o si alguien me derrota en una batalla por ti. Si sigues siendo mortal, entonces el peligro abunda. Tengo enemigos poderosos que te usarían para atacarme. Si te llevo a convertirte completamente, el riesgo disminuye, pero permanece. Piensa en el asunto mi amor, sé que cualquier decisión que tomes será la nuestra. "

Vladimir se inclinó cortésmente ante ella al decir esto.

Los ojos de Kristina giraron ante las posibilidades que tenía ante ella.

Sabía que seguiría siendo de Vladimir, parecía predestinado.

No estaba muy segura de cómo lo sabía, pero esta criatura de ojos violetas la hipnotizó como ninguna otra, incluso Andrej.

Ella no sentía una deslealtad hacia Andrej por esto, ya que siempre lo amaría.

Sin embargo, este hombre ante ella cautivó su mente, cuerpo, alma.

Se sentía viva de formas que nunca supo que podían existir.

Si.

Tenía mucho que reflexionar y tendría más preguntas, pero por ahora, estaba contenta de sentarse y absorber todo lo que le había sido revelado.

CUARTA PARTE
MARKOVIC

CAPÍTULO XV

Más tarde esa misma semana en las últimas horas de la tarde, Kristina decidió salir a caminar con Anđelko como escolta.

Había tomado la idea de poder salir afuera, a pesar de los peligros inherentes descritos por Vladimir.

Andaba medio bailando por el camino ligeramente cubierto de maleza que conducía al bosque circundante mientras Anđelko pacientemente la mantenía a la vista mientras saltaba despreocupadamente.

Se toparon con un claro en el bosque que hizo que Kristina lo mirara apreciativamente.

Comenzó a juntar margaritas para encadenarlas y pronto Anđelko llevaba una hermosa corona de ellas, además de que Kristina también se colocó un collar y una corona.

"Anđelko, por favor, cuéntame más sobre tu tiempo con Vladimir. De hecho, me pica la curiosidad".

Ella lo miraba inocentemente por debajo de las pestañas, mientras una margarita cubría parcialmente un ojo color de esmeralda.

"¿Qué deseas saber, muchacha? Lo amo, estoy en deuda con él y estoy orgulloso de ser su amigo". Anđelko declaró con énfasis.

"¿Cómo es saber que todas las personas que querías han pasado de esta vida?" Ella lo dijo con nostalgia, con lágrimas en los ojos.

Anđelko miró un poco incómoda las lágrimas, no queriendo causarle dolor.

Había querido a Kristina desde la semana pasada, ya que Vladimir la cautivó por completo y se estaba adaptando muy bien a su nuevo entorno.

De hecho, se veía encantadora sentada allí con la luz del sol menguante calentando su rostro, con una mirada de satisfacción en él.

Se había trenzado el pelo hacia atrás en una columna ordenada que adornaba su cuello hasta la mitad de la espalda.

Este lo había cubierto con un pañuelo de colores brillantes para evitar algo del calor del sol.

Era una buena chica y ya había traído felicidad a su hogar, y por eso estaba muy agradecido.

"Hija, viví mi vida como me pareció apropiado". El comenzó. "Estaba de luto y lo había estado durante varios años antes de que se promulgara el pacto. Amaba y amo profundamente a mis hijos y nietos y a los hijos de sus hijos, pero mi vida estaba muy vacía sin mi amada Lucija. El sol salió y se puso con ella, nunca le dijo una palabra mala a nadie y verla escabullirse lentamente día a día me arrancó el corazón. Una fiebre había invadido el pueblo, muy parecida a la que se llevó la vida de tus padres y mientras la veía hundirse más profundamente en la enfermedad me daba cuenta de lo que perdía. Me enojé mucho con Dios porque él golpeara a una persona tan gentil como ella en toda su bondad. Y por un tiempo me convertí en un borracho embaucador, hasta que llegó el Maestro Vladimir "

Kristina estaba fascinada con la historia de Anđelko y le prestó mucha atención.

Ella observó las fugaces emociones cruzar su rostro mientras él contaba su historia y se retorcía impaciente cuando se detuvo para tomar un sorbo de agua del matraz a su lado.

"El Maestro Vladimir rápidamente se dio cuenta de mi infelicidad, aunque no dijo nada. Estábamos sentados frente a una hoguera crepitante, martillando los detalles del pacto y no podía apartar mis ojos de él. Él me hipnotizó con su elegancia, habla y en sus fluidos movimientos corporales. Él estaba personificado por la gracia. Finalmente me acerqué a él y humildemente solicité servirlo. Él accedió fácilmente y una vez que el pacto fue sellado en sangre, dije adiós a mi familia y viajé con él al señorío." Anđelko suspiró. "No fue fácil al principio estar en su presencia. Yo, un simple campesino rodeado de toda la belleza y elegancia de su mundo. Siempre fue paciente conmigo, hasta el día que yo ..."

Anđelko se interrumpió ante el sonido inesperado de un paso.

Cautelosamente se puso de pie y se plantó en jarras delante de Kristina.

Sintió que se acercaba la maldad de una presencia, y estaba preparado para luchar hasta la muerte si era necesario.

No arriesgaría a Kristina, su vida o su honor haciendo menos que eso.

La malevolencia impregnaba el claro mientras esperaban en tensa anticipación al peligro que se avecinaba.

La criatura que se liberó del follaje circundante tenía pelaje en la parte posterior de su cuello erizado.

¡Stankov! pensó Kristina con un estremecimiento, o, más bien, lo que quedaba de él.

Estaba mortalmente pálido con un brillo salvaje en los ojos y parecía inmune a sus sufrimientos.

Su ropa estaba hecha jirones y sus zapatos se estaban cayendo en pedazos.

Miró a Kristina con aprecio, una mirada de deseo evidente en su rostro.

A su costado tenía una vaina que albergaba una espada larga y envainada.

Lentamente, acariciando, su mano jugaba sobre la empuñadura, casi como un amante.

Su pútrido aliento cruzó fácilmente el otro lado del claro, haciendo que Kristina temblara.

Anđelko nunca la miró, prefiriendo mantener contacto visual con Stankov.

Empujó a Kristina detrás de su espalda aún más y le susurró que, si caía, ella corriera como el viento hacia la mansión.

Envió un silbido agudo para llamar a Darija y Roko con la esperanza de que pronto llegaran.

Estaban descansando en el pequeño granero cuando habían salido a caminar hacia el claro.

Cuando Anđelko silbó, Stankov se cubrió las orejas y gritó de dolor.

Sus rasgos se torcieron aún más en una grotesca masa deforme que apenas se parecía al Stankov de antaño.

Luego sacó la espada y dio un paso hacia adelante.

"Viejo, no sé quién eres, solo quiero a la chica. Entrégamela y te dejaré vivir".

Stankov golpeó el aire frente a él, avanzando sin detenerse.

Caminaba con una pronunciada cojera, pero eso no parecía retrasarlo.

"¡No! Has arriesgado la ira una vez más de Vladimir. ¡Verás cómo te pone en tu sitio por tus continuas insolencias hacia él y los suyos!"

Anđelko parecía impasible ante sus demandas.

"Una última advertencia, viejo. Muévete o muere. No me importa nada lo que elijas. Personalmente, me encantaría obtener algo de retribución ... ¡así que será muerte!"

Anđelko sintió el corte de la hoja hasta el hueso de su antebrazo.

Su camisa blanca absorbió el líquido rojo que emergió cuando brotó.

Stankov no había dado un golpe mortal, pero claramente había incapacitado a Anđelko, quien envolvió su mano libre sobre la herida.

Kristina vio su oportunidad de confrontar a Stankov y proteger a Anđelko.

Ella valientemente dio un paso adelante.

Stankov colocó la hoja de su espada en su cuello.

Kristina respiró con cuidado, a pesar de su pecho agitado.

"¡Stankov, este hombre es tu bisabuelo Anđelko! Detente de inmediato, ¿me oyes? No voy a someterme a ti, pero quisiera que no muriera".

Stankov permaneció mudo y movió la espada hasta la parte superior de su hombro y cortó hábilmente la cinta que sostenía la blusa en su lugar.

La blusa se dobló de lado sobre la parte superior de su pecho agitado, exponiendo parte de su piel cremosa.

Kristina trató de mantener la expresión de asco en su rostro en vano.

Stankov se rió amenazadoramente y fue a cortar el otro lado justo cuando Darija y Roko saltaron silenciosamente sobre su espalda, haciendo que cayera hacia adelante.

Con la espada extendida frente a ella, no se dio un golpe mortal, sin embargo, los sabuesos estaban haciendo todo lo posible para destrozarlo.

Justo cuando Kristina pensó que con seguridad lo destrozarían, una segunda figura salió de las sombras.

Levantó una mano y los dos sabuesos chocaron sus cabezas entre sí para quedarse tirados, juntos y sin sentido, a un lado.

"¿Qué tenemos aquí Stankov? ¡Veo que tienes razón! ¡Reconozco al sirviente de Vladimir, Anđelko!"

La criatura escupió en el suelo y avanzó más en el claro.

Lo que una vez le había parecido un paraíso y un refugio de seguridad a Kristina, se hizo añicos con los acontecimientos que se desarrollaban.

Ella se estremeció y retrocedió en un intento inútil de alejar al extraño.

Anđelko gimió consternado.

Este hombre, este vampiro, esta criatura impía de la noche, era el enemigo jurado de Vladimir.

¡El conde Stjepan Vanjavich Markovic!

¿Qué estaba haciendo él aquí? pensó impasible mientras la sangre continuaba saliendo de su brazo.

Se balanceó sobre sus pies en un esfuerzo por mantenerse consciente.

Se sabía que Markovic estaba rondando el campo de Montenegro.

Era un hombre imponente, más alto que la mayoría de sus compatriotas, con rasgos aguileños y labios finos que apenas cubrían sus colmillos.

Sus dedos eran aguijoneados y alargados y su postura elegante.

Su traje era de seda fina y estaba hecho a medida debido a las riquezas que poseía.

Su largo cabello oscuro estaba recogido en una coleta apretada en la base de su cuello y sus ojos eran de un color marrón caramelo sin alma.

Stankov se levantó lentamente y se volvió hacia su nuevo maestro para buscar su aprobación para encargarse de los dos que tenía delante.

Él gimió bajo en la garganta por sus nuevas heridas, pero sabía que su Maestro las abordaría a su debido tiempo.

¡Había sido pura casualidad que se hubiera encontrado con Markovic!

Si no fuera por él, se habría congelado a la intemperie tal y como lo habían dejado.

Markovic lo había persuadido para que se curara temporalmente hasta que recuperara su fuerza y eso es lo que hizo.

Prometió su lealtad a Markovic y, a cambio, Markovic se alegró de encontrar un nuevo método para atormentar a su odiado rival.

Kristina contuvo el aliento ante sus rasgos.

Estaba bien formado, pero esos ojos estaban muertos para ella.

La barrieron brevemente y la catalogaron en el mismo barrido como una no amenaza.

Ella estaba profundamente resentida con él, por lo hizo por Stankov, aunque no conocía su propósito completo.

Ella corrió al lado de Anđelko en un esfuerzo por ayudarlo a detener la profusa hemorragia.

Agarró su pañuelo y creó un torniquete justo encima del sitio de la herida.

Estaba tan concentrada en ayudar a Anđelko que no se dio cuenta de que Stankov estaba alcanzando una mano para acariciar su mejilla.

Ella le dio un manotazo en la mano, al estar concentrada en su tarea.

Sintió la fuerza del revés que la dejó aturdida y viendo estrellas.

Antes de que tuviera la oportunidad de reaccionar, Stankov la envolvió en un abrazo como un oso y se fue con ella a la oscuridad del bosque.

CAPÍTULO XVI

Vladimir se encontró completamente despierto en un vórtice de ira ante la escena que se desarrollaba en su mente, debido a su vínculo con Anđelko.

Al salir de la mansión y llegar rápidamente al claro, encontró a Anđelko apenas consciente y a Kristina desaparecida, no localizada por ninguna parte.

Tomando a su viejo amigo en sus brazos, y observando cómo se le iba la vida por la pérdida de sangre que fluía sobre su ropa, Vladimir se abrió su muñeca para colocarla suavemente en la boca de Anđelko para permitirle alimentarse.

La rica nutrición viajó inmediatamente al sitio de la herida, haciendo que comenzara a cerrarse, aunque se produjera un breve dolor por sus poderes curativos.

Al igual que el efecto que hace el ácido carbólico vertido, la herida burbujeó por un momento y las secuelas venenosas fueron expulsadas del cuerpo de Anđelko.

Vladimir sacó el torniquete improvisado de Kristina y se lo guardó en el bolsillo, agradecido por su rápida intervención para frenar el sangrado.

Anđelko yació jadeante durante unos momentos en los brazos de Vladimir, recuperando su fuerza.

Mientras Vladimir le quitó la muñeca de la boca y cerró la herida, para permitir su propio proceso de rejuvenecimiento.

Anđelko estaba completamente desolado por la desaparición de Kristina, no por sus heridas.

Permitió que su mente estuviera abierta a Vladimir para que pudiera ver todo el encuentro libremente.

"Mi amigo, no has fallado en tus responsabilidades conmigo. Luchaste valientemente para proteger a Kristina". Vladimir habló directamente a la mente de Anđelko.

"Sabes que Markovic está de vuelta ahora. ¡Maestro Vladimir, juró matarte en tu última reunión! Ahora tiene a la Señora Kristina. ¡No podría soportar que le pasara algo! La amo como si fuera una hija y ella te ha traído paz y felicidad desde que está en la casa".

Anđelko inclinó la cabeza con continua vergüenza, olvidando que la corona de margaritas todavía colgaba, bailando, de su frente, algo incongruentemente en la escena de sangre y destrucción que tenían alrededor.

A pesar de la gravedad de la situación, Vladimir se permitió una mirada relajada para desconcertar sus ojos mientras observaba los pertrechos de Anđelko, incluidas las margaritas.

Contactó empáticamente con Darija y Roko y buscó en sus cuerpos las heridas que necesitarían atención.

Cada uno tenía un golpe en la cabeza donde habían chocado, pero pronto se recuperarían.

Otro pecado por el que Markovic pagaría.

Sus perros eran sus queridas mascotas y los mantenía en una buena posición.

Tomó su decisión.

Permitiría que Darija y Roko se curaran de forma natural en el claro y se llevaría a Anđelko a la mansión donde se podrían atender el resto de sus problemas mucho mejor que ahí fuera.

Con rapidez, tomó a Anđelko y lo llevó a la mansión, depositándolo cómodamente en su habitación espartana y volvió a salir una vez más.

Regresó al claro, donde Darija y Roko ya se agitaban.

Vladimir se detuvo para observar más completamente el campo de batalla, usando sus agudos sentidos para cualquier cosa que se pasara por alto.

En silencio tocó el trozo de tela en su bolsillo como una conexión con su Kristina.

Sus ojos buscaron el camino que Stankov había recorrido junto con la reacia Kristina a cuestas.

Por mucho que lo intentó, no pudo vincularse con ella.

Ella había estado en las fases iniciales de aprendizaje de este proceso, pero aún no había completado la tarea.

Parcialmente porque habían estado persiguiendo otras metas más placenteras.

Vladimir se reprendió a sí mismo momentáneamente por esta situación, y con la misma rapidez reorientó sus energías para obtener más pistas.

Sus ojos violetas vieron un pequeño objeto perdido en el camino, en el borde del claro.

Caminando a hacia allá, lo recogió pensativamente.

Markovic estaría lívido por su pérdida, Vladimir lo sabía.

Era una gargantilla de terciopelo cerúleo con un colgante adjunto.

En el interior, Vladimir sabía que encontraría pequeñas fotos de su antiguo amigo Stjepan y la hermana de Stjepan, Đurđa.

Vladimir presionó el objeto en sus labios en recuerdo de Đurđa.

Ella era la razón por la que Stjepan Markovic lo despreciaba ahora.

Suspirando y cansado por las emociones turbulentas que estos pensamientos oscuros causaban dentro de él, Vladimir se guardó el collar y regresó al claro para evaluar más a fondo la escena y sus opciones.

Investigó minuciosamente cada parte del claro, antes de volver su atención al camino una vez más.

CAPÍTULO XVII

Kristina intentó usar su cuerpo como palanca para frenar al descomunal Stankov.

Ella lo castigaba con mordiéndole hasta que él volvió a agarrarle la cabeza por el costado.

Moviendo su mano hacia su barbilla, él forzó su mirada esmeralda a encontrarse con la suya lasciva, sus intenciones claramente marcadas allí.

"¡Kristina, lo vas a pagar caro! Me desahogaré con tu hermoso cuerpo y te someterás a mí". Stankov le sonrió malvadamente.

"¡Me mataré antes de permitir que me toques!" Kristina le escupió con desprecio, sin signos de miedo en su rostro.

"Viva, muerta, poco me importa. Tu cuerpo sabrá de mi marca sobre ti. Seré el último hombre en poseerte y me sentirás, te lo prometo". Stankov la aplastó aún más contra su pecho.

"¡Eres vil y blasfemo! ¡Que tu alma se pudra en el infierno!"

Kristina intentó mover su rodilla para golpearlo e incapacitarlo para que frenara, aunque fuera sólo brevemente.

Sintiendo sus intenciones, él torció su cuerpo ligeramente y bajó sus crueles labios hacia su vulnerable boca.

Presionando sus labios, empujó su gran lengua hacia el fondo de su garganta, causándole náuseas por su presencia y su aliento fétido.

Retorciéndose furiosamente, ella los hizo tropezar.

El extraño intervino en ese momento.

"¡Suficiente Stankov! Ya me cansé de tu juego. Yo cuidaré de la chica. Tus atenciones de idiota no me van a robar mi venganza contra Vladimir. He esperado mucho más tiempo que tú para triunfar. ¡Libérala de inmediato! " Declaró en sus tonos cultivados.

Stankov obedeció sin protestar y Kristina se limpió la boca con el dorso de la mano y miró a Stankov con desdén.

Ella escupió directamente a su zapato con precisión.

Stankov levantó la mano hacia ella otra vez, solo para ser detenido por la mano del extraño.

En cambio, golpeó a Stankov con disgusto por su falta de control.

Dirigiéndose a Kristina, él le habló por primera vez.

"Chica, te burlas de él bajo tu propio riesgo. Seamos razonables por favor. No tienes escapatoria en estos momentos. Permíteme que me presente; soy el conde Stjepan Vanjavich Markovic y tú, mi querida, estás en mi cautiverio. Compórtate. y permite que la gracia que sé que posees gobierne tus pasiones por el momento. Tu primer nombre es Kristina, como sé. ¿Cuál es tu apellido, hija?"

Stjepan habló elocuentemente y acompañó su discurso con una reverencia.

Kristina miró con recelo, pero estaba fascinada por sus patrones de habla.

"Mi nombre es Kristina Jagavka Zlatovic y pertenezco a Lord Vladimir. ¡Libérame, conde, porque no puedo conocer lo que Vladimir te hará si no lo haces!"

Kristina se agitó, su cuerpo temblaba con la fuerza de sus emociones reprimidas.

Stjepan se rió ligeramente de su coraje.

Iba a disfrutar rompiéndolo.

Dejaría a Vladimir con una muñeca rota en mente, cuerpo y espíritu.

Él curvó sus labios con satisfacción ante este pensamiento, aunque sería una pena con alguien tan encantadora y luchadora como ella.

Sin embargo, no se podía evitar y no se desviaría de su camino.

La idea de derrotar a Vladimir calentó su sangre y alimentó su alma.

Vladimir Mislavirov pagaría por el pasado y Kristina sería el instrumento de destrucción de Stjepan.

Cansado de lo tedioso de sus maneras, le colocó un collar alrededor del cuello con un metro de cadena atada.

Kristina parpadeó sorprendida por sus métodos.

Nunca había visto algo como con lo que esta criatura la había esclavizado.

El collar le quedaba ajustado, pero no demasiado, y cuando Stjepan se giró para continuar, él le tiró de la cadena para que se moviera.

Ahora, Kristina permitió que el miedo se infiltrara en su médula mientras se tambaleaba hacia adelante vacilante y toda la fuerza de sus circunstancias se vio reforzada por el dominio de este hombre.

Stankov seguía por la retaguardia, apresurándose a mantener el ritmo, no queriendo enojar o desagradar aún más a su maestro.

CAPÍTULO XVIII

Anđelko se recuperó de sus heridas, se dirigió hacia Split para aprender lo que pudiera de Stankov y Stjepan.

Por mucho que él y el Maestro Vladimir supieran, siempre había algo que podrían haberse pasado por alto y quería asegurarse de que tuvieran todas las respuestas que pudieran para combatir esta vieja enemistad.

La primera parada de Anđelko fue Goran.

El hombre era lento y había vivido a la sombra de Stankov, pero si alguien sabía algo, sería él.

Encontró a Goran cuidando a sus ovejas.

"¡Goran! ¡Me vas a dar lo que quiero! ¡Quiero información sobre Stankov, y dámela ahora!"

Anđelko habló con fuerza sabiendo que así tenía toda la atención de Goran por su comportamiento.

Goran siempre se había sentido intimidado por la presencia de Anđelko cuando llegaba periódicamente a la aldea.

"¿Qué es lo que ha pasado?".

Goran lo miró confundido y asustado.

No estaba tratando de ofender al hombre preguntándole por qué estaba tan molesto y le ofreció sus disculpas.

Dio un paso atrás con el ladrido de su pastor, ofreciéndole a Anđelko el calor de su fuego.

Sus ojos codiciosos observaron la forma de Anđelko mientras se movía con gracia hacia adelante y se ponía en cuclillas para calentarse las manos.

Esta señal de que la noche caía y enfriaba rápidamente lo angustiaba.

"Goran, necesito saber lo que sabes, por intrascendente que puedas pensar que es. Stankov regresó y cometió un terrible error contra el Maestro Vladimir. Estaba en compañía de un demonio muy cruel y se han llevado a Kristina como cautiva. ¡Necesito información sobre los escondites secretos de Stankov, sus planes originales hacia Kristina, todo! ¡Si valoras tu vida, entonces me dirás lo que debo saber, y lo harás ahora! "

Anđelko se puso de pie, agarró bruscamente la camisa del hombre y obligó a su cuerpo a acercarse al suyo.

Observó la dilatación de los ojos de Goran con tanto temor como deseo no expresado.

Satisfecho con sus respuestas tácitas, esperó la respuesta a sus preguntas.

Goran luchó por respirar.

La cercanía de Anđelko era muy intoxicante y agradeció los cambios que estaba experimentando su cuerpo, pero sabía que no tendría la oportunidad de explorarlos ahora.

Suspirando decepcionado, respondió:

"Anđelko, sé muy poco de las acciones de Stankov antes de nuestra llegada a la mansión. Es reservado y retraído. Sé que había planeado buscar a Kristina al día siguiente del entierro de Andrej. Estaba furioso cuando le conté lo que había visto esa noche ".

Goran se detuvo para recuperar el aliento.

"Había visitado la cabaña abandonada al borde de la propiedad de Srecko, ya sabes, la que está en el campo más alejado de Split. Creo que planeaba seducir a Kristina allí".

Anđelko miró a Goran con incredulidad.

"¿Crees que es un seductor? ¡Él iba a violar a la chica y dejarla con sus amigos! Stankov era malvado antes de acercarse a la propiedad de Srecko, tonto. ¡Te inclinaste ante su voluntad y lo seguiste como el cachorro que eres! ¿Cómo pudiste no ver y sentir esto? ¡Dios! "

Goran se encogió ante la posible retribución de Anđelko, sus esperanzas se desvanecieron de poder explorar los labios carnosos tan cerca de los suyos.

Bajó la cabeza con temor, rozando el pecho de Anđelko y lanzó un gemido inesperado.

Anđelko se conmovió al instante por su angustia, sabiendo que Goran no tenía la culpa.

Suspirando, juntó el cuerpo tembloroso de Goran hacia él, moldeando su cabeza con la mano y moldeándola hasta la base de su garganta.

No tenía intenciones de lastimar a Goran.

Sintió la sensación de los labios del hombre mientras trazaban su manzana de Adán y Anđelko se sometió a esta delicia por el momento.

La respiración del hombre se volvió rápida y débil al no ser rechazada.

Saboreó la cálida salinidad del sudor intenso y la lamió como un niño.

Su nariz se enterró aún más en la piel de Anđelko, inhalando los aromas embriagadores.

Él tentativamente movió sus manos experimentalmente alrededor de su cuerpo para sentir al hombre conformarse con sus cuerpos entrelazados.

La liberación de la respiración contenida de Anđelko, fue música para sus oídos y se estremeció con anticipación.

Buscando los labios de Anđelko, Goran movió la boca por debajo de la barbilla, plantando besos suaves.

Viajando por su mandíbula hasta su destino final.

Pensativamente impresionó su boca allí y esperó pacientemente la respuesta de Anđelko.

Anđelko, sintiendo su vacilación, se lanzó hacia adelante con fervor rapaz.

Se dio cuenta de cuánto deseaba el toque de Goran.

Sabiendo que Vladimir estaba fuera de su alcance física y mental en su búsqueda, sucumbió a las pasiones del otro.

Su propósito doble, uno, la saciedad de ambos y dos, si Goran se alineaba con ellos, podría resultar invaluable.

Perforó la hendidura de los labios de Goran e hizo girar su lengua dentro, el calor lo esperaba.

Dispuesto, sumiso y abrumado por la emoción, Goran se arrugó en sus brazos.

Era virgen y siempre había sabido que había suprimido estos sentimientos en el pasado, pero con la receptividad de Anđelko quería saber qué había más allá de este apasionado beso.

Abrió la boca aún más, atreviéndose a chupar suavemente la lengua de Anđelko, encendiendo aún más sus pasiones.

Su cuerpo se movió en respuesta, la evidencia de sus emociones tensándose en el centro de su cuerpo, no dolorosamente, sino en anticipación.

Goran también sintió la evidencia del deseo de Anđelko impresionado sobre él.

Dio la bienvenida a las atenciones, rompió el beso e indicó a Anđelko la cama cercana en invitación.

Anđelko entendió de inmediato y se trasladó con Goran al lugar con prisa.

Se derrumbaron con gracia, las extremidades se enredaron y las bocas se fusionaron.

Anđelko estaba sentado más que satisfactoriamente entre los muslos de Goran y suspiró su creciente sensibilidad en la boca suplicante de Goran.

CAPÍTULO XIX

Kristina sacudió la cabeza con cansancio e intentó hacer palanca con los dedos debajo del cuello en un intento de aflojar un poco el collar.

Si bien no le cortaba el suministro de aire, sí le hizo sentir que su respiración estaba constreñida.

Ella agarró la cadena en un esfuerzo por frenar a Stjepan, ya que temía que su voz fuera ronca por sus esfuerzos y restricciones.

Stjepan giró la cabeza con impaciencia y la vio luchar, con una expresión sombría de presentimiento en la cara ante la interrupción.

No había despegado, sabiendo que la cubierta del suelo era su aliada en este momento.

Había elegido una capa de invisibilidad para frustrar y obstaculizar aún más lo que sabía que eran los esfuerzos de Vladimir por buscar a su amante humana.

Se frotó la cara pensativamente al acercarse a ella, queriendo mantenerla fuera de balance emocionalmente y sometida a su voluntad.

Con eso en mente, formuló una respuesta a su terquedad.

"Kristina, a menos que desees sentir mi toque en tu cuerpo ahora, seguirás avanzando. Y prometo que no seré gentil. Te destrozaré cuerpo y alma. Si esta es tu preferencia, entonces sigue impidiendo nuestro progreso. " Satisfecho con su respuesta, esperó la suya.

Los ojos de Kristina se abrieron ante esta amenaza implícita y marchó inexorablemente hacia adelante, la derrota en su estado actual evidente en sus hombros abatidos y boca abajo.

Stjepan tiró de la cadena, así que tuvo que levantar los ojos hacia él.

Él prefería que ella siguiera así por un tiempo más.

La idea del total dominio sobre ella era tan dulce.

Si ella ahora se volviera sumisa, él no exploraría completamente las formas en que deseaba tenerla y usarla.

Observó sus esfuerzos con los dedos en el collar y la diversión lo golpeó por su incapacidad.

El collar realzaba su comportamiento orgulloso, la cinta cortada en su hombro lo atraía a explorar su carne cremosa, especialmente porque casi hacía que un pezón se asomara, y tenía un destello de fuego en sus ojos ahora.

Kristina se prometió a sí misma que sería una gata salvaje cuando llegara el momento.

Por ahora ella soportaría esta humillación y esperaría la oportunidad de escapar.

Sabía que su Vladimir la estaba buscando y los encontraría pronto.

Esperaba encontrarse con él nuevamente y verlo vencer a este demonio y al que lo acompañaba.

Le dio ya poca pena recordar a Stankov, la causa de su consternación y servilismo.

Ella permitiría a Dios y a Vladimir tratar con él; ella ya no malgastaría su tiempo o energía con él.

Sin embargo, sus ojos se volvieron calculadores al contemplar a Stjepan.

Él resistió la fuerza de su mirada y respondió con una risa espeluznante.

Ella frunció el ceño, pero mantuvo sus pensamientos para sí misma.

Ella sabía que él no podía vincularse con ella y, aunque esto la perturbaba porque ella tampoco estaba vinculada a Vladimir, en realidad estaba agradecida por la falta de previsión que habían tenido.

Ella trató de permanecer impasible, a pesar de que su mente giraba con emociones turbulentas.

Ella permaneció así ya que tenía pocas opciones.

Su ímpetu retomó el ánimo de Stjepan y se arrastraron más profundamente en el bosque oscuro.

QUINTA PARTE
ĐURĐA

CAPÍTULO XX

Hace noventa años ...

Vladimir rompió el control que Đurđa tenía sobre él.

Había intentado tranquilizarla en vano que ella estaría a salvo mientras él iba a alimentarse.

Đurđa era joven y ella era petulante.

Todavía tenía que entender las costumbres de los vampiros.

"¡Suficiente, Đurđa! ¡Debo alimentarme; me debilito por falta de alimento! ¡Me has enredado estos dos días, zorra!"

La risa de Vladimir fue abundante y un poco forzada ante el desarrollo de la escena.

"Pero Vladimir, ¡quiero estar contigo! Tengo un presentimiento y sé que me sentiría más segura en tu compañía. ¿Por qué no me dejas ir contigo mientras te alimentas?" Đurđa le engatusó.

"Đurđa, mi amor", comenzó Vladimir una vez más, "Te sentirías abrumada con el proceso. Me gustaría perdonarte que vieras eso. Hasta que tomes una decisión con respecto a seguir siendo humana o convertirte en vampira, no te someteré a eso. Es un ritual hecho con sangre. Debes tratar de entender el amor. Solo quiero protegerte porque lo que ambos sabemos es tu inquietud por enfrentar lo que realmente soy. Estarás a salvo con Anđelko. Te lo prometo."

"¡Vladimir! ¡No te preocupes por esto, no temo lo que eres! Pero veo que no me proteges, he escuchado lo suficiente. ¡No vuelvas aquí a menos que quieras estar conmigo! Si necesito cualquier cosa, enviaré por Stjepan. ¡No deseo verte! " Dijo esto dándole la espalda.

Le atravesó el alma con sus palabras y él estaba indefenso ante su ira.

No había escuchado a Stjepan cuando le aconsejó que no persiguiera a su hermana.

Ella era diferente y muy obstinada.

Vladimir siempre había pensado que era un signo de su fuerza, pero rápidamente se estaba cansando de la constante batalla con ella.

Comenzó a levantar una mano hacia su hombro, dudó, y luego la dejó caer a su lado con frustración.

"Como desees, Đurđa, solo por el momento. No tengo intenciones de liberarte. Me perteneces. Tu cuerpo, tu espíritu y tu mente son míos. Nunca olvides eso. Tu infantilismo habla de tu juventud y lo abordaremos más adelante a mi regreso. Necesito sustento o te encontrarás en un peligro mortal de mi parte, y eso no podría soportarlo ".

Con eso, Vladimir se giró rápidamente ignorando sus lágrimas, ya que su propia ira y hambre crecientes amenazaban con anular su buen sentido.

CAPÍTULO XXI

Fue cuidadoso en sus selecciones y guardó su orgullo por miedo a su ira incontrolada y regresó en breve.

Un lamento agudo aceleró su avance.

Se dio cuenta que su inquietud crecía cuanto más se acercaba a la mansión.

Pero el lamento no era de Anđelko y no era de Đurđa, de eso estaba seguro.

Él conocía sus gritos.

Su inquietud se agudizó al ver la puerta prácticamente arrancada de las bisagras y los signos de una pelea reciente justo delante de su puerta.

Corriendo hacia adentro, encontró a Stjepan acunando el cuerpo sin vida de Đurđa contra su pecho y Anđelko atado e inconsciente en el suelo.

El rostro devastado de Stjepan se centró en el horrorizado de Vladimir.

Poniéndose de pie, aún con el cuerpo de Đurđa enfriándose rápidamente en su agarre protector, Stjepan no le dijo una palabra.

El odio ardía en sus ojos color caramelo y se acercó a Vladimir, que estaba paralizado en la escena.

"¡Estás ciego, tonto ignorante!" Stjepan castigó. "Ella habló de premoniciones justo antes de morir. Te habías ido demasiado lejos para poder hacer algo. Murió en mis brazos diciendo que no lograste protegerla. Te la entregué porque te comprometiste a amarla y mantenerla a salvo. ¡Ahora esto! Te has convertido en un poderoso enemigo Vladimir. ¡Escucha lo que digo ahora, vengaré a Đurđa! "

Con eso, Stjepan se abrió paso a través de un Vladimir atónito y salió a la noche.

CAPÍTULO XXII

Vladimir se despertó de sus reflexiones sobre Đurđa y Stjepan.

Había fallado a una mujer que había amado, no estaba dispuesto a fallarle a otra.

Tenía que permanecer concentrado en recuperar a Kristina, ella tenía su corazón.

No podía detenerse en el pasado y las cosas que no pudo o no supo haber cambiado.

Necesitaba ser frío y calculador, no enfocarse en esto de una manera alocada.

Profundizó en su mente para recordar a Stjepan y sus hábitos.

Sus orejas temblaban, sintonizadas para cualquier sonido antinatural, su piel vibraba en el aire a su alrededor buscando matices y cambios en su entorno, su vista continuamente buscaba el terreno debajo sin cesar.

Había estado buscando volando por horas.

Al amanecer, sabía que tenía que bajar al suelo pronto o arriesgarse a quemarse.

Decidió que no volvería a la mansión, sino que se refugiaría en el bosque.

Rápidamente creó una fuerza para abrir la tierra a su dolorido cuerpo y descansó inquietamente debajo del suelo para esperar.

Con el corazón latiendo de miedo, cayó en un sueño profundo y trance mientras el nuevo día nacía.

CAPÍTULO XXIII

Anđelko se agitó en el abrazo de Goran.

El muchacho lo había prodigado con amor apasionadamente durante toda la noche.

Y se lo había devuelto con igual fervor.

Sin embargo, necesitaba volver a unirse a la búsqueda, lamentándolo un poco por lo tan agradables como lo habían sido estas últimas horas.

Goran lo miraba con aprensión.

Anđelko suspiró.

Es tan joven, inocente y no comprende todos los eventos que han sucedido.

Anđelko tuvo que seguir recordándose a sí mismo cuál era su empresa.

Retrocedió un poco y Goran inmediatamente apretó su agarre, abrazando el cuello de Anđelko en un apretón mortal.

"Eh, pequeño. Estoy muy feliz de haberme despertado contigo en mis brazos. Pero no puedo demorarme más".

"¡Oh, Anđelko! Temía que me odiaras y no podría soportar eso". Goran lloró suavemente contra su cuello.

Anđelko fue gentil.

"No pequeño, nunca podría odiarte. Te quiero y me encantó sentirte debajo de mí anoche. Ha pasado mucho tiempo desde que me sentí tan amado. Por eso te lo agradezco. No tienes nada que temer de mí, mi fuerte y guapo Goran. Pero debo irme. Pero volveré, lo juro ".

Agarró los brazos de Goran e intentó quitárselos.

Pero Goran se aferró con fuerza.

"Anđelko, por favor no me dejes. Estoy tan solo. Quiero quedarme contigo. Prometo que puedo ser de utilidad. Por favor, no me dejes aquí".

Anđelko rezó por paciencia.

"Muy bien, pequeño. Pero ten en cuenta que, si me retrasas, te dejaré donde estés. No puedo perder otro momento. Y si me traicionas, lo solucionaré de inmediato. Mis preocupaciones en este momento son exclusivamente por Kristina. Su vida está en juego. No me hagas tomar una decisión con la que no podría vivir ".

Anđelko fue deliberadamente brusco para mostrar su punto de vista.

Goran solo pudo asentir con la cabeza contra el pecho de Anđelko.

"Muy bien, puedes venir".

Goran se levantó rápidamente y comenzó a almacenar el fuego y a reunir provisiones.

Silbó por su perro pastor, susurrando instrucciones al animal inteligente que regresó a su puesto de vigilancia para cuidar a las ovejas.

Y luego fue a aliviarse rápidamente.

En menos de dos minutos, estaba de pie temblando, pero atento ante Anđelko.

Anđelko asintió con aprobación.

Una última mirada al campamento con Goran agarrando el saco de dormir y se fueron.

CAPÍTULO XXIV

Kristina se despertó encadenada a la pared de una pequeña cabaña.

La débil luz que se filtraba por la ventana le decía que era adentrada la tarde.

Miró a su alrededor con desconcierto, y luego la persistente punzada de dolor en su mejilla puso su situación en primer plano una vez más.

El piso debajo de ella estaba sucio, recordando restos de comida y otros desechos imaginados.

Su brazo palpitaba encadenado sobre ella, su muñeca bailaba algo floja contra el metal.

Un fuerte ronquido se entrometió en sus pensamientos.

Stankov estaba sentado junto a los restos de comida en una mesa, con la cara apoyada sobre la misma, una jarra de vino vacía delante de él.

Ella hizo una mueca de desagrado al verlo, tratando de rascarse discretamente, sintiendo hormigas y quién sabía qué más en su piel.

Ansiaba bañarse y aliviarse.

Stjepan no estaba a la vista.

Ella detestaba tratar con Stankov, eligiendo permanecer callada.

Le habían dejado un pequeño cazo de agua y una olla para que se aliviara.

Tan silenciosa como los ratones, que estaba segura de que también habitaban el lugar, se maniobró sobre el orinal y rápidamente terminó sus asuntos.

Luego lo deslizó suavemente por el suelo lo más lejos posible de ella.

Ella sabía que su cabello estaba sucio y comenzaba a enredarse.

Su boca estaba seca y su garganta reseca y su ropa estaba muy manchada.

Tenía hambre y anhelaba la comodidad de los brazos de Vladimir a su alrededor una vez más.

Ella lo extrañaba terriblemente.

Llevándose el cazo a los labios, se tragó el agua que olía a rancia, pero no pudo parar.

Pronto vació la taza, sintiendo que su estómago se revolvía ante la intrusión.

Ella luchó contra las náuseas durante unos minutos, desesperada por mantener el agua dentro y desesperada por no despertar a Stankov.

Su nauseabundo olor impregnaba la habitación, añadiéndole más náuseas.

Apoyó la cabeza contra la pared y respiró hondo para aliviar su sufrimiento.

Fue un pequeño consuelo.

Lágrimas se formaron en sus ojos esmeraldas y cayeron por sus mejillas sin control.

Contuvo los sollozos, hasta que se volvió demasiado doloroso y la angustia se rompió.

Stankov se levantó bruscamente de inmediato y gimió de dolor por la herida en su cuello.

Frotándoselo, miró a Kristina malévolamente y chasqueó los labios.

Notando la circulación de nuevo en sus brazos, se puso de pie bruscamente y al ver el orinal, se acercó a él, desabrochando sus pantalones andrajosos.

Mirando a Kristina a los ojos y, a pesar de su repulsión y estremecimiento, vació su vejiga frente a ella, ignorando la salpicadura en sus zapatos y la parte inferior de sus pantalones.

Sosteniendo su miembro semiflácido en su mano, lo acarició repetidamente.

Orgullosamente agitó al miembro ya más rígido sobre su rostro.

"Chupa, pequeña ramera. Dame lo que le diste a Mislavirov. Hazlo ahora y hazlo libremente o te lo meteré por la garganta. Quiero tus labios alrededor. Quiero que me sientas en tu boca. ¡Ábrela ahora! "

Dio el último paso amenazador hacia una Kristina desafiante y con los ojos muy abiertos.

Justo antes de que su punta tocara su boca, ella lo escupió en la polla y a él.

Stankov se rió malvadamente y frotó su saliva sobre la punta.

"¿No sabes que así me lo hiciste más fácil? Eres una tonta, Kristina".

Stankov continuó frotándosela brevemente y luego la movió a sus labios nuevamente.

Esta vez él agarró su cabello y le echó el cuello hacia atrás.

"¡Abre la boca por Dios o te golpearé primero y luego tomaré a l fuerza lo que quiero de ti!"

"Vete al infierno Stankov. ¡No te someteré!" Kristina habló por primera vez desde que despertó.

Su voz estaba ronca desde el sometimiento del cuello desde la noche anterior y por sus sollozos.

Stankov todavía sostenía su cabello, retorciéndolo cruelmente alrededor de su mano y tiró aún más de él

Sus labios se separaron, poco dispuestos, mientras siseaba de dolor.

Él comenzó a meter su virilidad en su boca.

El asco adicional, su olor repulsivo, resultó demasiado para el estómago inquieto de Kristina.

Ella la amordazó, se atragantó y se agitó para vomitar.

Stankov, incrédulo en sus ojos, se alejó rápidamente, mientras Kristina se inclinaba débilmente hacia adelante para no manchar más su ropa.

Jadeando, sosteniendo un lado, le lanzó a Stankov una mirada asesina.

"Ahora no hay nada que me impida tener tu boca, moza". Stankov dijo triunfante y regodeándose.

Yendo de regreso a ella en un momento, al siguiente estaba golpeando contra la pared y cayendo al suelo.

Stjepan parado impaciente sobre él.

"Intenta tocarla de nuevo, antes de que esté lista para ti y te mataré donde estés parado o donde te escondas, Stankov. Tu ineptitud está anulando cualquier utilidad que pensé que tenías. Quédate aquí abajo como el maldito que eres o yo ¡te mataré ahora! Presta atención a mis palabras. Es tu última advertencia ".

Stjepan era magnífico en su ira, elevándose sobre el encorvado Stankov.

Sus ojos color caramelo disparaban fuego y azufre.

Satisfecho con su mensaje, se volvió hacia una Kristina desafiante.

Estaba contento de ver su espíritu combativo regresar después de la noche anterior.

Caminando hacia ella, extendió una mano, ayudando con gracia a una cautelosa Kristina a levantarse.

"Querida, te pido disculpas por ese patán y por el mísero alojamiento. Por mucho que seas un peón para mí, tengo modales y no me gustaría verte maltratada. Al menos por el momento y siempre que cumplas con mis deseos. Nos trasladaremos a mi casa en breve, este no era más que un lugar para descansar y, por supuesto, para eludir a Vladimir. Pero hay una bañera en la habitación contigua que puedes usar para bañarte y haré que Stankov te busque algo para comer mientras te bañas. Yo estaré de guardia, no temas, él no te tocará ".

Stjepan habló con seguridad y Kristina hizo un momento para mirarlo agradecida, antes de recordar que él era la razón por la que ella estaba allí.

Siendo práctica, aceptó su oferta con gracia.

"Gracias. Me gustaría bañarme".

Él sonrió y eso transformó su rostro, cambiando sus rasgos ascéticos en un hombre de calidez y encanto, por muy breve que hubiera sido.

Kristina vislumbró cómo debía haber sido en otro momento de su vida.

Él desató su muñeca, y ella inmediatamente comenzó a acunarla suavemente sobre su cuerpo con cuidado, para evitar golpearla con algo.

Manteniendo su mano entre las suyas, la condujo a la habitación trasera y fuera de la vista de Stankov.

* * *

¡Stankov estaba furioso!

Pero se doblegaría ante los deseos de la criatura, por ahora, hasta que pudiera erradicarlo de esta tierra.

Ya no se sentía incómodo por encontrarse con Markovic y planeaba corregirlo lo más rápido posible.

Se puso en pie tambaleándose y se dirigió hacia la puerta, sabiendo que si no volvía con la comida estaría condenado a un gran sufrimiento, como poco.

CAPÍTULO XXV

Stjepan se ocupó un momento del baño y pronto el agua humeante y relajante llenaba la bañera metálica.

Él le quitó a Kristina su ropa con la promesa de una ropa fresca y observó cómo ella entraba con gracia en el baño.

Le había dejado claro que no tenía intenciones de salir de la habitación y que ella estaba más allá de preocuparse por el momento.

Al hundirse desnuda en el agua, dejó que sus poderes curativos restauradores la influyeran más.

Ella gimió de alegría, sintiendo que los músculos se relajaban por primera vez en el día.

Ella se inclinó hacia adelante en un intento de mojarse completamente el cabello.

Sorprendida, sintió los dedos de Stjepan en su cuero cabelludo cuando él la animó a quedarse quieta.

Luego vertió jarra tras jarra de agua sobre su cabello.

Cogiendo una botella perfumada que contenía una mezcla de jabón y flores silvestres, pronto le arregló el cabello.

Sus dedos se sintieron maravillosos contra su palpitante cabeza.

Pronto sintió como todo el dolor huía de ella.

Luego le enjuagó el pelo con cuidado, sujetándole el pelo sobre la cabeza, y sin decirle una sola palabra durante todo el proceso.

Él se alejó para darle privacidad mientras ella continuaba con su baño.

Stjepan trató de ser impasible, pero a la luz de las velas encendidas esporádicamente alrededor de la habitación, las sombras de sus movimientos se reflejaban en las paredes estériles.

Sintió que se le cortaba la respiración y sintió una punzada debajo.

¡Se recordó a sí mismo que no era el momento!

¡Debe ser paciente!

No podía permitirse ningún error, así que en silencio sufrió.

Kristina permaneció ajena esta situación.

Extendió una pantorrilla, bien formada, lentamente, disfrutando de la libertad de poder hacerlo.

Equilibrándola en el borde de la bañera, se deleitó con un jabón suave sobre ella, en largos y circulantes masajes.

A cada parte del baño le prestaba atención, por lo que la incomodidad de Stjepan aumentaba cada momento que pasaba.

Cuando se dio cuenta de que no podía alcanzar su espalda lo suficiente, él valientemente dio un paso adelante a pesar de sus dudas.

Agarrando la barra de jabón de sus dedos, repentinamente sin nervios, se concentró en mantener su respiración uniforme.

Ella se inclinó hacia adelante, cruzando los brazos sobre su pecho avergonzada.

Stjepan encontró que el gesto era algo pintoresco después de todo lo sucedido y por la misma situación, pero aun así no dijo nada.

Terminó rápidamente, sin confiar demasiado en sí mismo, especialmente porque su piel se sentía satinada y flexible bajo sus dedos dedicados.

Dándole un enjuague final, esta vez retrocedió más rápido.

Sus dedos todavía hormigueaban por tocarla tan íntimamente y su mente zumbaba con posibilidades que rápidamente descartó.

Él le dio la espalda cuando ella se levantó de la bañera, alcanzando la toalla que le quedaba cerca de allí.

Escuchó sus movimientos, saliendo con cuidado de la bañera, el vigor con el que se secaba, su respiración, su suave maullido de placer al ponerse ropa fresca, todo diseñado para volverlo loco en ese momento.

Intentó respirar lenta y uniformemente, moviéndose incómodo de lado a lado.

Se clavó las uñas en las palmas, palmas que le picaban por haber tenido su carne debajo de ellas una vez más.

Incluso revisó su plan de ataque contra Vladimir, todo con la vana esperanza de enviar su creciente ardor.

Apretó los dientes y salió de la habitación bruscamente.

Kristina levantó la vista sobresaltada por su rápida salida.

Oyó algo chocar contra la pared en la habitación contigua.

Preguntándose por su arrebato, ella apresuró sus esfuerzos para vestirse.

Era un simple indumentario de blusa y falda campesina.

Incluso había ropa más delicada, debajo del indumentario que estaba sobre la cama, para la que se ponía más cerca de su piel.

Enrollándose unas medias en sus piernas, deslizó los pies en los resistentes zapatos que le había dejado.

Ella suspiró aliviada por estar limpia, desenrollando su cabello para peinarlo.

Acercándose al pequeño fuego que ardía en el hogar, se puso de rodillas para desenredar la masa de cabello.

Nunca lo sintió volver a entrar en la habitación, hasta que él colocó su mano sobre la de ella para quitarle el cepillo de los dedos.

Pacientemente le trabajó el cabello, comenzando en la corona y cepillando hasta el final.

Sus rizos secos le atormentaban los nudillos, pero él continuó.

Stjepan volvía a estar bajo control, pero apenas.

Pero se dedicaría esto hasta el final.

El final, en este momento, era incierto, pero descubrió que estaba disfrutando de su compañía a pesar de las circunstancias.

No había esperado eso, pero disfrutaría su tiempo con ella.

Sin olvidar su misión, pero dejándola a un lado por el momento, la acarició repetidamente.

CAPÍTULO XXVI

Surgiendo de la tierra, Vladimir encontró rápidamente unos animales del bosque para saciar su sed.

No era lo que ansiaba, pero no tenía tiempo para buscar carne humana.

Hambriento como estaba, apenas se alimentó lo suficiente como para continuar.

Sus orejas se erizaron por ruidos más fuertes de lo que él pensaba pudieran ser algo de la naturaleza.

Pensando que era un oso o un jabalí, se alegró de ver a Anđelko, Darija, Roko y a uno de los campesinos que habían estado con Stankov en su puerta a principios de semana.

Levantó una ceja ante esto, pero esperaría pacientemente a ser presentado.

Anđelko, sintiendo su necesidad, fue rápidamente a su maestro para ofrecerse a él.

Vladimir bebió lo que pudo de Anđelko, sellando rápidamente su carne y alejándolo de él.

Goran estaba asombrado por esto.

Sintiendo que Vladimir no había terminado, valientemente dio un paso adelante, esperando que Vladimir no lo agotara.

Vladimir sintió su inquietud, pero tomó lo que le ofrecían.

Su boca disfrutaba mientras el fluido se transfería a él.

Se detuvo cuando supo que Goran lo había dado todo y deslizó suavemente su lengua sobre la herida.

Goran retrocedió aliviado.

Estaba un poco mareado por la experiencia, pero aún respiraba sin problemas, estaba vivo.

Vladimir se sintió lo suficientemente saciado como para hablar.

Agarró a Anđelko contra su pecho y lo abrazó con fuerza.

"Mi amigo, es bueno verte y que estés de pie y de una pieza. Pudiste usar tus habilidades para rastrear y traer a Darija y Roko contigo, un golpe de genio".

Al soltar a Anđelko, acarició cariñosamente a cada perro lobo mientras ellos lamían sus dedos con la lengua a su vez.

Roko saltaba por el afecto a su maestro, Darija agitaba la cola.

Anđelko asintió una vez ante sus elogios.

"Traje a Goran, ya que está dispuesto a ayudarnos, Maestro. Él conoce algo de la mente de Stankov y pensé que sería útil tenerlo como un aliado".

Anđelko miró a su maestro directamente a los ojos al decir esto.

Vladimir sintió una corriente subyacente de algo más que no podía identificar en ese momento, pero lo dejó pasar por la necesidad de encontrar a Kristina.

Sabía que Anđelko hablaría con él en privado cuando se presentara la primera oportunidad.

Él asintió levemente en dirección a Goran, aceptando lo que dijo Anđelko.

Goran exhaló su aliento reprimido.

"Bien. Repasemos lo que sabemos y luego reformulemos nuestro plan a partir de ahí".

Poniéndose manos a la obra, Vladimir escuchó primero a Anđelko, luego a Goran.

Una vez que sintieron que toda la información disponible se había expresado abiertamente, Vladimir se quedó pensativo por un momento.

"Está bien. Supongo que Stjepan y Stankov, si están usando esta cabaña de la que me han contado, no permanecerán allí por mucho tiempo. Stankov sabe que Goran conoce el lugar y que conoce a Stjepan, no se arriesgaría a quedarse mucho tiempo. Y este es astuto y quiere venganza. No será fácil de sorprender. Creo que se dirigirá a su fortaleza, pero tener a Stankov y Kristina lo retrasará. Entonces, nos dirigimos a la aldea de Omiš. Tiene la ventaja de ir por delante, pero recuerdo dónde vive ".

Vladimir dijo esto último en un tono mortal.

Era evidente que estaba esperando una confrontación con su antiguo amigo, ahora enemigo.

Odiaba que Kristina estuviera involucrada, pero había una vieja cuenta que resolver.

CAPÍTULO XXVII

Stankov caminó a regañadientes de vuelta a la choza.

Había atrapado un conejo y lo había desollado donde lo mató.

Murmuraba imprecaciones todo el tiempo, pensando en formas de deshacerse tanto de Markovic como de Kristina.

Pero solo después de haber participado de sus encantos, su cuerpo.

Tenía muy claro que Vladimir vendría tras él, pero la tendría a ella.

Ella había arruinado todo con sus formas astutas y gimoteos.

Ni siquiera podía regresar a casa por temor a que los aldeanos se alzaran contra él y maldijo a Vladimir por sellar su destino.

Pero él tendría su venganza y esta sería muy dulce.

Entró en la cabaña del bosque y dejó el conejo sobre la mesa a pesar de sus sucios residuos.

No haría el trabajo de una mujer.

Dejaría que Kristina limpiara y asara la maldita cosa.

Dando grandes pisotones en la pequeña habitación, pasó por la puerta de la habitación de atrás.

Su boca se abrió al ver a Markovic como terminaba de cepillar su cabello.

Escupió con disgusto, pero observó sus manos en el trabajo.

Tosió brevemente antes de darse la vuelta.

Todavía no estaba preparado para luchar contra el vampiro.

***

Murmurando aún más, hizo exactamente lo que dijo que no haría, limpió al conejo y comenzó a asarlo en el exiguo fuego.

En poco tiempo, Markovic se unió a él, pero Kristina prefirió quedarse en la habitación de atrás.

Stankov gruñó.

¡Bruja!

Ella no se saldrá con la suya.

Rápidamente enmascaró su rostro e intentó proteger sus pensamientos.

No necesitaba que Markovic supiera el alcance de sus desvaríos internos.

Desafortunadamente para Stankov, Stjepan sabía exactamente qué débiles pensamientos se deslizaban por la mente de Stankov.

Y le disgustó.

Al repensar su plan, pensó que podría tener que deshacerse de Stankov antes de lo previsto.

Aunque todavía tenía la intención de usar a la encantadora Kristina para sus propios fines, se sentía protector con ella e Stankov se estaba convirtiendo en un problema.

En ese momento, Stjepan comenzó a planear la desaparición de Stankov.

No hubo conversación entre ellos.

Stankov se ponía más incómodo con cada momento y Stjepan no se preocupó.

Finalmente, el conejo estuvo listo e Stankov lo sacó mirándolo con avidez.

Stjepan le apartó la mano y llamó a Kristina.

Entró en la habitación con solo un momento de vacilación, ya que, de alguna manera, descubrió que podía confiar un poco en Stjepan.

Él no la había molestado mientras ella se estaba bañando, le había cepillado su cabello y ella estaba agradecida.

Ella cruzó la habitación, sentándose en la silla que Stjepan le indicó.

Él le acercó el conejo humeante y se disculpó porque ella tendría que sacar los pedazos con la mano.

Ella no podía saber que él estaba haciendo otra cortesía ya que el olor del conejo frito era repulsivo para él.

Ella trató de ser delicada, pero tenía hambre.

Comió rápidamente, ignorando la grasa, hasta que estuvo llena.

Stjepan arrojó los restos a Stankov para que él comiera y acabara con el conejo.

Kristina miró impotente a su alrededor por un segundo en busca de algo para limpiarse las manos.

Recordando su ropa destruida, se levantó para limpiarse las manos con ella.

Stankov estaba tomando el último gran bocado y tragándolo, apenas masticando.

Kristina regresó rápidamente y se movió al lado de Stjepan.

Cuando Stankov terminó, Stjepan anunció que era hora de irse.

Como no había nada importante que recoger en la cabaña, se fueron después de apagar el fuego.

* * *

Continuando una vez más hacia la casa de Stjepan, les hacía buen tiempo.

Viajando a un ritmo rápido, llegaron enseguida a un establo de Goran.

Entrando sigilosamente, Stankov acorraló dos caballos para ayudarles en su viaje.

Los sacó y Stjepan ayudó a Kristina a subir antes de subirse él mismo detrás de ella, dejando a Stankov valerse por sí mismo.

Poniendo los caballos en un galope rápido, partieron de nuevo.

Stjepan se sintió aliviado de moverse rápidamente, pero muy consciente de la belleza sentada frente a él.

Contenía el aliento durante largos períodos de tiempo, resistiendo el impulso de empujarla suavemente contra su pecho.

Justo antes del camino a Omiš, había una rama baja.

Fusionándose mentalmente con el caballo de Stankov, Stjepan le ordenó que se dirigiera directamente hacia la rama y a una velocidad vertiginosa.

Stankov no esperaba la explosión de velocidad ni la rama del árbol.

Se estrelló contra él, cayendo instantáneamente del caballo y quedando inconsciente.

El caballo libre de su jinete, inmediatamente regresó a su hogar.

Stjepan mantuvo a Kristina bajo control frente a él, continuando la marcha.

CAPÍTULO XXVIII

Vladimir y la compañía llegaron a la cabaña abandonada.

Observando los signos recientes de presencia en ella como los olores persistentes de un fuego y los restos de conejo cocido.

Moviéndose a través de la cabaña encontraron la ropa desechada de Kristina y el agua del baño.

Al salir, buscaron señales de en qué dirección se habían dirigido para asegurarse de no perderse ninguna indicación.

Continuando hacia el sur, los siguieron hasta el granero.

Estaban desolados ya que a Goran solo le quedaba un caballo.

Y justo cuando se comenzaban a desesperar, el caballo que había salido corriendo del caído Stankov llegó al establo.

Los costados de su boca estaban llenos de espuma, pero los hombres no podían esperar que descansar mucho.

Goran acarició al caballo, hablándole al oído y dejando que descansara unos momentos.

Luego le pasó el caballo del establo a Vladimir y rápidamente montaron a ambos caballos, con Darija y Roko corriendo a sus lados.

Anđelko y Goran compartieron el caballo que había regresado, con Vladimir subido en el caballo más fresco, que estaba en el establo, por si tenía que salir en persecución rápida de su enemigo.

Pronto se toparon con el inconsciente Stankov.

Echándole un vistazo, espolearon sus caballos.

Vladimir se fue separando de ellos con Darija y Roko.

El caballo con exceso de trabajo de Anđelko y Goran finalmente se detuvo agotado.

Observaron la cansada figura del caballo por un momento y la ataron a un árbol al lado de un arroyo, que tenía agua fresca y con pasto, para que se repusiera.

Después continuaron a pie tras él.

SEXTA PARTE
KATARINA

CAPÍTULO XXIX

Stjepan llevó al tembloroso y agotado caballo a detenerse frente a su imponente mansión.

El caballo resopló salvajemente.

Su aliento evidente en el aire helado de la noche, sacudiendo su melena con disgusto por aún estar fuera en esa noche.

Stjepan saltó de su espalda y sostuvo a Kristina en sus brazos, en dirección al portal abierto.

Gabrijel estaba allí esperando a su Maestro.

La cara de Kristina estaba presionada contra su cuerpo dejándole visible su garganta y sus cortos latidos de la vena del cuello lo distraían.

Cálidos zarcillos de deseo corrieron por sus venas, calentando su sangre y acumulándose en el centro de su ser.

Cómo deseaba que ella apretara sus labios allí, solo una vez.

Pero sabía que incluso entonces no sería suficiente.

Había pasado mucho tiempo desde que había sentido la agitación de sus zonas más íntimas por alguien como ella.

¡Oh, cómo deseaba haberla encontrado antes de Mislavirov!

De toda esta maldita suerte se lamentó frustrado.

"¡Gabrijel! ¡Mantén la puerta cerrada, pero sin barrotes y prepárate para la inminente llegada de Mislavirov! Voy a depositar en la casa a esta encantadora criatura y volveré rápidamente. Y cuida del caballo por favor. Es una buena montura".

Stjepan se dirigió hacia su estudio que estaba frente a la imponente entrada.

Puso a Kristina en una silla de felpa y colocó la delgada muñeca que ella se estaba protegiendo a un lado junto al fuego.

Cuidadosamente colocó una pequeña manta sobre su cuerpo tembloroso.

Dio un paso atrás, enmascarando el afilado deseo que ella le había vuelto a despertar.

Ella lo miró confundida y suplicante.

"Lo siento, mi dulce Kristina. No puedo asistir o acomodarte más que esto. Enviaré a Helena con un poco de agua y vino. Por favor, intenta estar cómoda en mi ausencia. Volveré en breve".

Stjepan susurró, quitándole el cabello de la cara y deslizando un dedo solitario sobre su suave mejilla.

Se giró abruptamente manteniendo la puerta abierta al pasillo, dejándola desconcertada y algo más que un poco desconcertada.

Sorprendida por sus pensamientos, se acomodó para contemplar su significado.

Descubrió que, a pesar de las circunstancias, le gustaba el hombre.

Él la había asustado sí, pero también protegido, y había cuidado por ella y ella comenzaba a creer que no tenía instintos para lastimarla.

Su desconcierto era que amaba a Vladimir; no había duda de eso o de dónde estaban sus lealtades.

Pero ninguno de ellos quería lastimarla.

Ella tenía una gran confusión sobre todos los eventos que habían ocurrido tan recientemente.

Ella se quiso olvidar inútilmente por un momento de la sensación, pero luego se quedó a esperar.

No podía hacer nada más, por mucho que deseara que fuera de otro modo.

Intentó recordar todas las acciones que habían ocurrido desde ayer.

Y por mucho que intentara conjurar cualquier sentimiento de malestar por Stjepan, no había ninguno allí.

A pesar de su encuentro inicial y su subyugación con el collar, él la había protegido de Stankov, y por eso estaba agradecida.

Ella sabía que él no tenía que porque hacerlo, pero lo había hecho de todos modos.

Y se había comportado con honor hacia ella.

Se mordisqueó el labio inferior inconscientemente, percibiendo detalles.

Había sido un ejercicio que Vladimir había practicado con ella para que se volviera más consciente de su entorno.

Al principio habían sido escenarios pequeños, pero ella había estado trabajando con entornos más grandes antes de su cautiverio.

Esa fue una de las razones por las que convenció a Anđelko para que la llevara al claro.

Ella había querido sorprender a Vladimir con su práctica.

Pero no sirve de nada reflexionar sobre lo que no se puede cambiar.

Solo esperaba poder negociar una paz entre ellos dos.

El estudio donde le había dejado estaba elegantemente decorado y se adaptaba bien al hombre.

La madera de cerezo oscuro formaba fuertes molduras y coronas.

El fondo de la habitación estaba decorado en un verde musgo apagado y estaba interrumpido con estanterías que cubrían las paredes.

El manto de la chimenea era de un blanco cremoso sobre el que descansaban dos candelabros con su luz alegre.

Un retrato de quien debía haber sido Đurđa adornaba la pared frente a su escritorio de cerezo, donde había un libro abierto.

Y en la imagen del retrato esta sostenía un ramo de flores silvestres, su cabello caía a su alrededor y con una mirada de asombro en sus ojos mientras sonreía a Kristina.

Muy joven y muy llena de vida.

Kristina suspiró ahora con gran conocimiento por su parte de la tristeza que había sucedido aquí desde la pérdida de una persona tan encantadora y llena de vida como ella.

Stjepan parecía vivir solo la mitad de su vida en el presente, sumido en su dolor por el pasado.

Un leve golpe en la puerta abierta y entró una sirvienta.

Tenía las mejillas con forma de manzana y sonreía vacilante, sus suaves ojos azules ofrecían amabilidad.

Tenía una leve cojera mientras caminaba y un delantal estaba atado alrededor de su amplia cintura.

Se acercó a Kristina con cuidado y colocó una bandeja de bebidas a su alcance.

Ella hizo una reverencia y se alejó rápidamente, cuando Kristina habló.

"Gracias. Helena, ¿verdad?"

"Sí, señorita. Lo soy".

"Helena, por favor siéntate junto al fuego. Me gustaría que hablases conmigo un momento".

Kristina estaba pensando en aprender algo más sobre Stjepan, con la esperanza de encontrar una oportunidad que pudiera usar para evitar el desastre.

Las comodidades de su hogar que ella catalogaba en su mente y más de su personalidad y porte era lo que buscaba ahora.

Estaba tratando de usar todos sus sentidos para obtener una imagen más clara de este hombre atormentado y el dolor con el que luchaba.

Su amabilidad hacia ella contrastaba profundamente con sus amargos sentimientos hacia Vladimir.

Ansiaba saber más de lo que sucedió esa fatídica noche que causó la muerte de Đurđa y la brecha entre los seres oscuros.

Helena la miró con cautela.

"Pero señorita, esto no puedo hacerlo".

"Por favor, Helena. Estoy cansada y ansiosa por hablar con una mujer. No quiero hacerte daño o causarte ningún mal. Pero agradecería tu compañía", suplicó Kristina.

"Muy bien, señorita. Pero sin trucos". Helena se sentó torpemente en la silla de acompañante de Kristina.

Miró el moretón de la muñeca con consternación, pero no dijo nada al respecto.

Los caminos de su Maestro siguen siendo tan misteriosos para ella incluso después de todos estos años.

Ella se persignó en silenciosa súplica para que él estuviera bien protegido en su búsqueda.

"No hay trucos, Helena. Y por favor llámame Kristina. Gracias por sentarte conmigo porque sé que estás ocupada. No he tenido una buena conversación en mucho tiempo con una mujer y la he echado mucho de menos. ¿Has trabajado para Conde Stjepan desde hace mucho tiempo?

"Señorita Kristina, Gabrijel y yo llegamos poco después de nuestro matrimonio hace veinte años. El maestro es bueno y amable con nosotros y le servimos lo mejor que podemos". Helena se hinchó al decir esto.

Ella dudaba en decir más que esto, pero se sintió atraída por la encantadora joven sentada tan orgullosamente frente a ella incluso en una situación tan desesperada.

Había un fuego y una pasión en Kristina que le recordaban a su única hija, Katarina.

"¿Tienes hijos, Helena? Lo siento si eso es personal, si me dices que lo es, no preguntaré más".

Kristina estaba tratando de encontrar una manera de facilitar la conversación que realmente pretendía tener con la tímida Helena.

A Helena se le iluminó aún más el rostro.

"Sí, tengo una hija, Katarina. Ella está en la escuela, como insistió el maestro que tenía que acudir. Él dice que es inteligente y que hacerlo haría que ella pudiera potenciar su mente. La extraño terriblemente. Pero sé que es lo mejor para ella. El maestro lo sabe. Nunca la lastimó y solo quiere lo mejor para ella, él la ama. Sin embargo, pronto estará en casa para siempre, hasta que se case ".

Kristina reflexionó sobre esta información y sintió que había encontrado su oportunidad.

"¿Dices que el Conde Stjepan la ama?"

Helena se dio cuenta de que había hablado mal, pero ya era demasiado tarde para corregir.

Levantándose rígidamente, se inclinó ante Kristina y abandonó la habitación abruptamente.

Helena esperaba un encuentro entre su Katarina y el Conde Stjepan, ya que sabía que estaban hechos el uno para el otro.

Eran una pareja llamativa para la vista de todos.

Los ojos de Stjepan seguían los movimientos de Katarina cuando ella no estaba mirando.

Pero ella no estaba al tanto de sus pensamientos y Katarina podría ser una chica de carácter fuerte.

Se apresuró a salir de la habitación, rezando para que Stjepan sobreviviera a esta noche de caos e intranquilidad, ya que Katarina llegaría pronto a casa y luego se vería lo que había que ver.

Kristina lamentaba la retirada de Helena, pero esta era ciertamente una información por la que valía la pena haberla hecho desconcentrar.

No estaba segura de tener el derecho de usarla, pero tal vez ...

Relajó los hombros sobre el cojín de la silla y consideró lo que podía hacer con este nuevo conocimiento.

CAPÍTULO XXX

Stjepan se movió con gracia después de un rápido baño, a pesar de que sabía que la situación pronto se volvería explosiva.

Había necesitado un poco de tiempo para reflexionar sobre lo que planeaba hacer.

Sus pensamientos espontáneos sobre la belleza de Kristina lo habían llevado a hacer concesiones que podrían tener consecuencias mortales para él.

Necesitaba tiempo para fusionar sus pensamientos y tener en mente sus objetivos.

Y sintió una punzada de remordimiento por estar tan conmovido por ella cuando sabía que su Katarina se dirigía de vuelta hacia él.

Ella todavía no lo sabía, pero él planeaba declararse y esperaba que ella lo aceptara.

Ahora estaba aturdido por su reacción a Kristina.

Como si necesitara más dolores de cabeza.

¡Maldita sea!

Se puso unos calzones ajustados con botas pulidas hasta la rodilla y luego una camisa blanca, abierta en el cuello, con encaje en cascada en la parte delantera.

No se molestó con un chaleco o abrigo, sino que tomó la espada y se ató la vaina a un lado.

Se sujetó el cabello descuidadamente con una cinta de terciopelo cerúleo.

Había sido el color favorito de Đurđa y de alguna manera lo hacía sentir más cerca de ella.

Estaba desconsolado por la pérdida del relicario y volvería al claro para encontrarlo después de tratar con Vladimir.

Saliendo de la habitación, fue a ver a Gabrijel y los preparativos que habían discutido antes de aventurarse a su habitación.

Al llegar a la entrada una vez más, miró a su alrededor con satisfacción.

Había querido atraer a Vladimir a su casa durante mucho tiempo.

De modo que no se habían utilizado tableros para cubrir las ventanas, y la puerta principal estaba desbloqueada.

Los preparativos para una cena habían sido completados.

Planeaba cenar bien y generosamente una vez que hubiera discutido con él.

Y Stjepan esperaba mantener a Vladimir más desequilibrado al parecer poco alterado y muy despreocupado.

Con los labios crispados, esperó a su esperado invitado.

CAPÍTULO XXXI

Vladimir frenó el caballo a poca distancia de la vivienda de Markovic.

Sabía que había una caída en picado hacia el mar turbulento debajo, por los dos lados, por lo que su aproximación tendría que ser desde el frente o desde la derecha de la entrada.

Los recuerdos inundaron su mente una vez más por su amistad anterior mientras trataba de recordar el interior de la casa...

Hace cien años ...

Irrumpiendo por la puerta principal, los dos amigos se abrazaron las espaldas.

La carrera que había terminado en la puerta de la mansión de Stjepan había sido un empate.

Se reían e intercambiaban bromas vulgares como suelen hacer los buenos amigos.

Regresaban de una noche de jaleo y se habían topado con dos bellezas que habían saciado sus necesidades por un poco de oro y algo de comida.

Poco se dieron cuenta de que también habían dado algo de la sangre de sus vidas para alimentar a los dos vampiros.

Al llegar a su mayoría de edad de los veinticinco años, sintieron que el mundo era suyo.

Y todavía estaban recuperándose de sus experiencias de hace seis meses.

Fue entonces cuando un vampiro anciano los encontró en una noche similar a esta.

Y los había hecho suyos.

Habiendo tenido miedo de sus vidas, estaban agradecidos de seguir respirando.

Y siendo jóvenes, no habían terminado de sembrar semillas salvajes.

Vladimir sonrió con indulgencia ante estos recuerdos, pero necesitaba concentrarse en eventos más recientes.

Suspirando profundamente, regresó a la época de unos meses antes de la muerte de Đurđa.

Hace noventa años ...

Vladimir había sido invitado por Stjepan para visitarlos.

Los dos amigos no se habían visto en dos años, ambos ocupados con sus asuntos y aprendiendo más sobre el antiguo arte del vampirismo.

Cada uno había supervisado la propiedad del otro durante un período de tiempo mientras recibían la tutela de su maestro, Mihael, y ahora iban a renovar su amistad y celebrar el regreso de Đurđa, la hermana de Stjepan.

Había estado fuera en la escuela durante los últimos doce años.

No había sido más que una chiquilla la última vez que Vladimir la había visto.

Pero la recordaba como si fuera ayer.

Los seguía como una cachorrita, si la dejaban.

Todo antes de sus respectivas transformaciones, por lo que había aprensión en su receptividad por los dos.

Đurđa tenía nueve años el año en que se conocieron.

Un matrimonio tardío para el padre de Stjepan la había engendrado.

Tenía el cabello rubio un poco lechoso y una sonrisa muy simpática.

El último día antes de irse a la escuela, había anunciado sus intenciones de casarse con Vladimir, para sus risas, pero no las de ella.

Había tenido una expresión tranquila y seria cuando lo dijo.

Vladimir había actuado con mucho cuidado, inclinándose sobre su mano y agradeciéndole el cumplido.

Luego se había desvanecido en el interior de la casa, para no ser visto nuevamente hasta después de que ella se hubiera ido.

Estaba ansioso por ver a la joven en que se había convertido.

Esperaba que ella hubiera superado lo que esperaba que fuera una fantasía pasajera para con él.

Subiendo los escalones, levantó dos veces el llamador y esperó pacientemente a que se abriera.

Fue introducido rápidamente por el mayordomo de Stjepan.

Le entregó los guantes y el sombrero y estaba quitándose el abrigo cuando escuchó un ligero ruido en los escalones de las escaleras.

Levantando la vista ante el ruido suave, su corazón dejó de latir por un momento.

Moviéndose lentamente, la criatura más hermosa que hubiera visto nunca descendía hacia él.

Su cabello estaba arreglado ingeniosamente para exponer su forma de cisne del cuello, sus vívidos ojos color jerez estaban fijos en los de él, y sus labios se curvaron en una sonrisa tímida.

Estaba elegantemente vestida con un vestido brillante del más ligero color amarillo mantequilla que le pellizcaba la cintura y dejaba la parte superior de su pecho expuesta a sus ojos festivos, con pequeñas zapatillas adornando sus pies y mostrando un poco de tobillo con cada descenso.

Vladimir levantó un dedo para ajustar su collar, la única señal de que estaba perturbado por su belleza y por el aumento inesperado de deseo por la hermana de su amigo.

Se aclaró la garganta en un intento por recuperar el control.

Ella se deslizó hacia él, extendiendo sus dedos, que él alegremente apretó y llevó rápidamente a sus labios.

Đurđa se echó a reír, recordando que ese fue el último gesto que le mostró cuando tenía nueve años.

Ella separó los labios ante el roce desnudo de sus labios contra su carne y esperó a que él terminara su reverencia.

"Đurđa, estás encantadora. Y no hay señales a la vista de que la traviesa diablilla nos persiga. Es bueno verte".

"Mi querido conde Vladimir, ya no soy esa chica. Espero ser más refinada que eso".

Su voz musical llegó a sus oídos y él le dio la bienvenida.

Sintió un nudo en el pecho por el simple toque de sus dedos en los suyos.

"Ven al estudio. Stjepan dijo que se uniría a nosotros momentáneamente. En mi impaciencia, lo dejé para que terminara de darle instrucciones a Helena para la cena".

Vladimir estuvo dispuesto a seguirla hasta el estudio, cuidando de mantener los ojos en su cuello y no en sus caderas, pero fue difícil.

Se ajustó el cuello una vez más.

Đurđa se volvió inesperadamente y se lanzó a los brazos de Vladimir.

No tenía más remedio que atraparla.

Ella volvió la cara hacia su hombro y lo abrazó con fuerza.

Vladimir podía sentir el contorno de su cuerpo presionado contra el suyo, y sabía que estaba impreso indeleblemente en su mente.

Suavemente le quitó los brazos de su cuello después de abrazarla brevemente y colocarla ante él una vez más.

"¡Te extrañé, Vladimir! Sé que eso es despiadado y femenino, pero es verdad. He estado contado el tiempo hasta que nos reuniéramos de nuevo. ¡Lo siento!"

Se cubrió la boca dando un paso hacia atrás.

"Por favor, no lo sientas, Đurđa. Yo ... también te extrañé. No me había dado cuenta de cuánto".

Vladimir se sorprendió al oírse decir esto, ya que tenía la intención de decir algo muy diferente.

Él no lo retraería, especialmente cuando sus ojos se iluminaron aún más y sus labios se separaron nuevamente.

Galantemente, él metió su pequeña mano en la curva de su codo y la colocó, recostada, en un pequeño diván.

Tomó un pequeño aperitivo, volviendo a su lado e inclinándose mientras se lo daba.

Stjepan se unió a ellos entonces, diabólicamente guapo por derecho propio.

Conversaron por un tiempo hasta que fue la hora de la cena.

Así que se trasladaron al comedor y continuaron su convivencia.

Stjepan estaba perplejo por las corrientes subterráneas y las miradas entre su hermana y su amigo, pero se lo atribuyó a su renovado reencuentro.

Más tarde en la noche se quedó perplejo, al darse cuenta de que estaba siendo testigo de que los dos se estaban enamorando en la mesa.

En los días que siguieron, Stjepan les dio sus bendiciones.

Vladimir y la recién llegada Đurđa solo habían convivido en su casa durante una semana antes de que ocurriera la tragedia.

Y Vladimir no había visto a Stjepan, con sus promesas de retribución, desde aquella terrible noche.

CAPÍTULO XXXII

En su mente, Vladimir había vuelto a visitar la casa a través de lo que tenía en sus recuerdos.

Estaba preparado para ir y rescatar a Kristina.

Sabiendo que Stjepan estaría esperando, se dirigió hacia la puerta principal y la pateó, en una explosión de fuerza sobrenatural.

Stjepan estaba de pie al otro lado de la entrada, sin sobresaltarse en lo más mínimo por su entrada contundente.

Kristina también había sido trasladada allí con un trapo suave cubriendo su boca.

Sus ojos estaban enormes y tiraron de los de Vladimir al verla allí atada, bebiendo de ellos por la visión de su amor en las garras del demonio.

"Eres bien conocido, Vladimir. Es bueno que te unas a nosotros".

Burlonamente, Stjepan hizo una pequeña reverencia, sin apartar nunca la vista de Vladimir.

Su mano se cernía sobre la espada, sin tocarla.

Su reflejo proyectaba sombras en la pared, bailando alegremente con el pasillo iluminado.

"¡Stjepan! Juro por todo lo que es sagrado que si has dañado un cabello de la cabeza de Kristina ..."

A pesar de sus emociones al enfrentarse a su viejo amigo, Vladimir fue genial en su entrega, una nota mortal evidente en su discurso.

Estaba tocando el collar, pasándolo entre sus dedos, asegurándose de que Stjepan lo viera allí.

Enrollando alrededor de sus dedos, acariciando el terciopelo, burlándose a cambio.

Haciéndose pasar por imperturbable al ver el tesoro familiar y sofocando su ira sin mitigar, Stjepan simplemente se encogió de hombros.

"Mi querido Vladimir, ven. Mi desprecio y mi ira están reservados para ti, no para esta querida y dulce muchacha. Debo decirte que su carne es suculenta, flexible y muy sabrosa".

Stjepan pasó una mano aparentemente descuidada por los mechones de Kristina.

Kristina estaba horrorizada por su comentario e intentó proyectarle a Vladimir la falsedad de sus palabras.

Enfurecido, Vladimir voló hacia Stjepan, quien aprovechó el aire que venía hacia él para su rápida venganza.

Se enfrentaron en el medio de la sala, luchando cuerpo a cuerpo.

Parecería que casi habían olvidado sus espadas mientras se atacaban con sus iras amargadas, con las garras extendidas.

Se enzarzaron durante lo que parecieron horas, sin ceder ni un centímetro, ambos sosteniendo sus resentimientos y alimentando su odio con el contacto.

Con silbidos y gruñidos, royeron el plato frío de la venganza con ardientes pasiones avivadas con vehemencia.

Agarrado a Stjepan, Vladimir presionó el talón de su mano contra la barbilla de su rival, fuerte pero lentamente, forzando su cabeza hacia atrás para mantenerla a raya.

Sabiendo que Stjepan podría fácilmente desgarrar su carne con sus colmillos, terminando esta pelea rápidamente.

Stjepan agarró su garganta abruptamente, apretando fuertemente su puño cerrado en su sección media.

Envió al hombre a navegar por el aire, donde aterrizó con un impresionante choque al otro lado de la habitación de la entrada.

La sala tronó con la fuerza resonante del impacto.

La pared contra la que había aterrizado se sacudió.

Una grieta se abrió en diagonal desde la base hacia el techo.

Aturdido por solo un momento, Vladimir se sacudió mientras se levantaba del piso donde se había hundido.

De repente fue golpeado nuevamente, siendo forzado a la pared una vez más, acompañado de un gruñido enojado de Stjepan.

Los dos reanudaron su lucha una vez más.

Golpe tras golpe desgarrando la carne que se curaba lentamente a medida que la lucha avanzaba.

Stjepan tenía un labio ensangrentado y Vladimir un corte sobre su ojo.

Kristina se tensó contra sus ataduras y trató frenéticamente de sacarse el trapo de la boca.

Ella casi lo tenía libre ya.

Ella hizo una mueca al verlos intercambiar más golpes en el cuerpo.

Deseó conseguir más fuerza utilizando todas las reservas de fuerza que tenía en ella.

Gabrijel e Helena observaban desde la puerta del comedor, inmóviles, manteniéndose fuera del camino.

Irrumpiendo por la puerta en ese momento entraron Anđelko y Goran con una chica a cuestas.

Todos se detuvieron en un sobresalto ante lo que sucedía ante ellos.

La diminuta chica levantó la capucha de su capa, revelando cascadas de cabello cobrizo y brillantes ojos verdes interrogativos, ojos que coincidían con los retratos en las paredes del estudio de Stjepan.

Gabrijel e Helena soltaron gritos de alegría al verla.

Abandonando su puesto y corriendo para abrazarla con sus cuerpos, todos hablaron con entusiasmo.

Vladimir y Stjepan no se dieron cuenta de que estaban tan atrapados entre su rivalidad y concentración.

Justo en ese momento, Kristina logró liberar su boca.

Respirando hondo, gritó al mismo tiempo que la chica, que al recibir el abrazo de sus padres se sorprendió por la escena que se desarrollaba ante ella.

"¡Vladimir!" Kristina estaba gritando frenéticamente con la parte superior de sus pulmones.

"¡Stjepan!" Katarina le suplicó, luchando por escapar del alcance de sus padres.

Ambos vampiros quedaron atónitos ante el poder de su capacidad pulmonar combinada y su discurso inesperado.

Fuerzas invisibles los obligaron a separarse y buscar a las mujeres.

Stjepan cruzó el pasillo a una velocidad impresionante para atrapar a Katarina en un abrazo de oso de enormes proporciones.

Ella lo devolvió con igual fervor.

Vladimir atrapó la cara de Kristina en sus manos y acercó sus labios a los de ella en un beso largo y apasionado.

Rompiéndolo finalmente, buscó en sus ojos la verdad y la encontró allí, cerrando brevemente los suyos aliviado.

Sabía que Stjepan no la había dañado.

La liberó de su esclavitud, acercándola a su cuerpo por completo para abrazarla.

Ella le rodeó el cuello con los brazos, agradecida de que finalmente estuviera con ella una vez más.

Dirigiéndose a los demás con Kristina envuelta firmemente contra su costado, examinó la escena delante de él.

Sabiendo que esto no había terminado; los acompañó cuidadosamente hacia el grupo en la puerta.

Stjepan levantó la vista, con su preciosa muchacha en sus brazos.

Estaba temblando de la batalla y de ver a Katarina.

Observó el movimiento de Vladimir, pero no hizo ningún movimiento enojado hacia él.

Suspirando profundamente y pasándose los dedos por el pelo, esperó la próxima conflagración, pero la lucha y la necesidad de venganza habían abandonado su cuerpo.

Él sabía lo que tenía en sus brazos y detestaba dejarla ir, ya que ella parecía ser de él.

Cualquier efecto residual que Kristina había dominado sobre él se transmitió mágicamente a la ardiente belleza que ahora sabía que realmente había perdido su corazón.

En silencio, hizo un gesto con la mano hacia la mesa del comedor que había preparado.

Después de todo, él era un anfitrión amable.

SÉPTIMA PARTE
STANKOV

CAPÍTULO XXXIII

Stankov movió lentamente cada miembro de su cuerpo, despertando a torrentes de malestar.

Tenía dolor en la cabeza y rabia en el corazón.

Tardó en levantarse del suelo frío.

Doblándose sobre las rodillas, tratando de recuperar el aliento mientras el frío aire nocturno rasgaba su alma, gruñó con esfuerzo.

Siendo que él era más soldado que líder a pesar de su bravuconada a principios de la semana, sabía que tenía que pensar cuáles serían sus elecciones cuidadosamente.

Si Stjepan destruye a Vladimir, entonces solo necesitaría destruir el corazón de un vampiro y al revés también es válido.

Se movió con pesadez.

Y, oh, le dolía la cabeza, tenía lágrimas formándose en los ojos por esta carga y temblaba de frío y por la humedad.

Esa pequeña puta tenía mucho por lo que responder y él iba a enseñarle las respuestas adecuadas.

No podía esbozar una sonrisa por sus pensamientos lascivos debido a su abyecta miseria, así que comenzó a caminar penosamente hacia la mansión de Markovic.

CAPÍTULO XXXIV

Mientras estaban abrazados juntos, Kristina se agitó contra el costado de Vladimir.

Él inmediatamente apretó su agarre sobre ella, silenciosamente obligándola a quedarse así y gruñó suavemente en su frente.

No lo hizo con disgusto por lo ocurrido, sino con la desesperada necesidad de abrazarla.

No pudo evitar pensar que casi la había perdido, por lo que se mantuvo firme.

Estaría devastado si ella alguna vez estuviera realmente perdida para él.

Vladimir no había terminado con Stjepan de ninguna manera, pero eso podía esperar.

La comodidad y seguridad de Kristina eran los pensamientos más importantes en su mente.

"Mi Lord Stjepan, si pudiera refrescarme antes de reunirnos en la mesa, estaría agradecida". Kristina trató de ser respetuosa con ambos hombres al decir esto.

Con la esperanza de evitar provocar cualquier animosidad por su pedido.

Sintió su aliento reprimido hasta los pulmones.

Vladimir se encogió interiormente ante su cortesía y falta de ira por la situación.

No estaba tan intimidada.

Sin embargo, apresuradamente reevaluó la escena en su mente.

Por el momento, tendría que esperar su tiempo, decidió.

Pero no por mucho.

Había esperado hasta ahora para descubrir qué era lo que realmente le había pasado a Đurđa esa noche terrible y obtendría respuestas.

No podía permitirse esperar más.

Necesitaba la expiación o la culpa de su muerte, pero no este limbo.

Así que se resolvería de una forma u otra esta noche.

Entonces Stjepan respondería por el terror que había causado a su preciosa Kristina, que es lo que se prometió.

Katarina secundó a Kristina al solicitar refrescarse también.

A regañadientes, porque no quería separarse de ella, Stjepan le permitió hacerlo, pero no antes de que él le diera un beso en la sien.

Era consciente de que todavía podría quedarse sin ella si no tenía cuidado.

Por eso fue lento en responder a su pedido, no queriendo que esta fuera la última vez que la sostuviera en sus brazos.

Katarina se estremeció al apreciar el roce de sus labios, a pesar de sus mejores esfuerzos por mantenerse distante, ya que aún no estaba lista para compartir sus sentimientos por Stjepan.

Un punto que era discutible basado en que ella persistía en seguir en la comodidad de sus brazos.

Se apartó de Stjepan y asintiendo con la cabeza hacia Kristina, la llevó a una habitación de invitados para que pudieran refrescarse y tal vez hablar.

El resto del grupo fue tranquilamente al comedor y esperó su regreso.

Se produjo una tregua incómoda entre Vladimir y Stjepan mientras deambulaban por la habitación manteniéndose fuera del camino del otro.

Múltiples pensamientos corriendo desenfrenadamente en las mentes de los vampiros los tenían a ambos murmurando desaprobaciones en voz baja.

Vladimir se acercó a la ventana para mirar sin ver en la penumbra de la noche, preguntándose adónde había ido toda su ira.

Se encontró pensando seriamente por primera vez si él y Stjepan podían resolver sus diferencias.

Pero mantuvo estos pensamientos para sí mismo.

Stjepan se detuvo en la mesa para alcanzar algunas uvas.

Masticando pensativamente se quedó inmóvil, quieto, elucubrando para sí mismo.

El remolino de vórtices de emociones que tenía causaba un dolor momentáneo en su cabeza.

Si debería aferrarse a su ira residual o aceptar la posibilidad de que Katarina y su amor pelearan por la supremacía en sus pensamientos.

Levantó una mano para frotar su nuca, tratando de aliviar la presión y luego pellizcarse el puente de la nariz.

Finalmente, la comprensión resolvió.

No tenía que estar solo en esto, esa fue su elección.

Para mantener el frío consuelo de su ira que había gobernado su vida durante tanto tiempo o para encontrar el calor y la alegría de estar en los brazos de Katarina.

El impacto combinado que Kristina y Katarina tuvieron sobre ellos fue profundo y por decencia por sus respectivos amores, continuarían rodeándose con cautela, mirándose con desdén, pero se abstendrían de más violencia hasta su regreso.

Sin querer dar ni una pulgada o ventaja al otro, esperaron.

Cada uno tenía curiosidad sobre lo que vendría, pero por el momento se reservarían sus fortalezas individuales y esperarían el final.

CAPÍTULO XXXV

Goran miraba a su alrededor maravillado por las vistas y los olores.

Los aromas de la cara carne asada a fuego lento, la salsa y la suculenta calabaza en las soperas cubiertas, hicieron que sus papilas gustativas salivaran con anticipación.

Esperaba que pudieran comer pronto cuando su estómago retumbó al recordar su escaso desayuno hace mucho tiempo.

Se palmeó el vientre como para calmarlo, con poco éxito.

Y miró con nostalgia los vinos muy finos que estaban disponibles para acompañar la cena.

Se movía nerviosamente con su cinturilla, arrancando y preocupándose por una cuerda que se desenredaba.

Anđelko le sonrió con indulgencia mientras observaba el juego de emociones en su rostro, adivinando correctamente los pensamientos de su joven compañero.

Él mismo intentaba ser más práctico, pero el apuesto muchacho tenía sus pensamientos sobre otros apetitos que necesitaban saciarse.

Pensó mejor en sugerir que los dos se retiraran al granero para ver a los perros y los perros lobos, pero debía esperar por el caso de que su amo lo necesitara.

Suspiró, ignorando la pesadez profunda en su vientre al ver a Goran en su inocencia y belleza.

Su deseo de abrazar a Goran y besar su dulce boca tendría que esperar hasta que se produjera cualquier desenlace.

Sabía que lamentaría si él o Goran perecerían, pero había tenido una larga vida y sus recuerdos recientes de los brazos y el cuerpo de Goran eran un consuelo para él.

Oh, el amor que habían compartido había sido hermoso y maravilloso.

Había pasado tanto tiempo para que él sintiera tanto amor y haberlo encontrado con Goran todavía era algo asombroso para él.

Se había sentido bien y había sido verdaderamente glorioso.

Una o dos veces tanto, que había deleitado su placer en el pasto para que todas las ovejas lo oyeran.

Goran lo había complacido mucho y sabía que él había complacido al muchacho.

No podía esperar hasta que volviera a encontrarse con ese momento.

Se detuvo resueltamente en un extremo de la mesa, Goran a su lado, observando a los hombres silenciosos y cavilantes.

Cuando nadie los miraba, pasó los dedos por la nuca de Goran, haciéndole saber que estaba pensando en ellos y en su tiempo juntos.

Fue el primer gesto que hizo desde que se despertó con él esa mañana.

Goran casi ronroneó bajo el contacto, pero logró abstenerse.

No quería que le miraran dos pares de ojos torturados.

El pequeño gesto de consuelo era suficiente por ahora.

CAPÍTULO XXXVI

Kristina no era ajena a la intención de Katarina y, de hecho, agradeció la oportunidad de conversar con ella, al haber sido testigo de la pasión que había estallado entre ella y Stjepan.

Ahora estaba más segura de su posición en el asunto y estaba complacida por ello.

Se pasó un cepillo por el pelo, esperando pacientemente a que la hermosa joven empezara primero.

Y no tuvo que esperar mucho.

"Mi nombre es Katarina. No sé quién eres o quiénes son el resto que está contigo. Pero ahora te diré que no habrá derramamiento de sangre aquí". Ella pisoteó el pie con énfasis. "Ya veo que mi regreso aquí ha dejado algo en suspenso. Pero habrá un orden restaurado en esta casa antes de que se acabe el día. Ahora, me contarás tu historia". Dijo con una gran curiosidad y determinación en su voz.

Ella estaba de pie detrás de la sentada Kristina, que descuidadamente se sacudía los rizos y buscaba sus ojos en el espejo.

"Gracias, Katarina. Soy Kristina y el hombre con el que estoy es Vladimir. Tenemos que hablar".

Katarina hizo una mueca de disgusto, frunciendo los labios ante el temperamento discreto de Kristina y su discurso sin emociones.

Sabía bien que antes había visto el fuego interior en sus ojos al liberarse de sus ataduras.

Esta era tan obstinada como ella y no tenían tiempo para sentimientos pusilánimes.

Stjepan estaba en peligro y estaría condenada si algo le sucedía por comportarse con cortesía.

Kristina al ver su expresión, sintió que su temperamento aumentaba en respuesta.

¿Qué derecho tenía esta chica para juzgarla?

Respira Kristina y sé directa.

Ella puede manejarlo.

Mira las chispas en sus ojos y la vitalidad de su cabello a la luz.

Esta tiene pasión de sobra y no es tonta.

Reteniendo sus primeros pensamientos venenosos mientras mantenía su objetivo a la vista, continuó:

"Tengo mucho que contarte sobre los sucesos recientes y lo que sé de los eventos pasados. Por lo tanto, es bueno que estés preocupada. Con eso no quiero decir que o tú o tu familia me falten al respeto. Pero tampoco te considero una tonta. Tú y yo podemos hacer mucho bien juntas. Y ahora te contaré todo, sin escatimar detalles".

Kristina se detuvo para respirar hondo y luego le expuso todo lo que sabía con cuidado a Katarina, tranquilamente.

Katarina lo absorbió todo en silencio, alzando las cejas varias veces y en un momento tuvo una luz amotinada en sus ojos cuando Kristina reveló lo ocurrido en su baño.

Cuando Kristina detuvo sus explicaciones, Katarina tenía sus preguntas listas.

"Kristina, gracias por tu franqueza y entusiasmo. Stjepan puede ser obstinado y no siempre escucha la voz de la razón. Sospecho lo mismo de tu Vladimir".

Katarina se lanzó a decir en voz alta sus pensamientos sobre el asunto.

Kristina levantó sus propias cejas ante su uso familiar del nombre de Stjepan y las suposiciones descaradas en su discurso.

Luego se echó a reír, dándose cuenta de que Katarina era un espíritu afín en terquedad y amor y que podían unir fuerzas para romper el estancamiento entre Stjepan y Vladimir.

Todavía riéndose, Kristina dijo:

"Oh, Katarina, tengo la sensación de que seremos grandes amigas. Y quisiera que hagamos sellar la paz entre esos dos. No viviré en una situación de inquietud a pesar de mi amor por Vladimir. Ni tú tampoco deberías. Ya es hora de que se solucionen las diferencias y las quejas. Esta es mi sugerencia ... "

Las dos chicas se juntaron y conversaron en silencio durante más de media hora antes de decidirse por sus planes.

Abrazadas y con la luz de la batalla en sus ojos y con pasos decididos, regresaron con los demás al comedor.

CAPÍTULO XXXVII

Ambos hombres levantaron la vista de sus pensamientos internos cuando entraron ellas e inmediatamente se preocuparon por las expresiones concentradas que poseía cada belleza.

Casi como por accidente, comenzaron a verbalizar sus pensamientos en sus cabezas y a transmitirlos al otro sin querer.

Otro eslabón perdido que se restablecía rápidamente.

Cuando estaban luchando antes, habían mantenido sus intenciones cerradas al otro para no inclinar la batalla hacia el lado contrario.

Pero ahora se estaban inquietando por la idea de lo que estas dos mujeres les tenían reservados.

¿Qué maldad es esta? Vladimir reflexionó.

Normalmente estaba al mando de todas sus emociones, pero la vista de una pelea abierta con Kristina sería casi su ruina.

Con el pecho agitado, sus largos mechones revolviéndose mientras caminaba, avanzó hacia él con un propósito y el ceño fruncido.

Esta no era la misma mujer que se aferraba a él antes.

¿Dónde había desaparecido ella?

Esta arpía acercándose no tenía amor en sus ojos en este momento.

Suspiró con nostalgia, deseando poder enfrentar a Stjepan nuevamente.

Las mujeres eran complicadas y estas estaban demostrando ser más que la mayoría.

Stjepan se echó a reír ante los pensamientos de Vladimir, pero estaba igualmente preocupado.

Su Katarina tenía una expresión amotinada y preocupación en sus ojos, pero estaba resuelta.

Sus mejillas estaban hinchadas y la agitación empañaba sus hermosos rasgos.

¿Qué he hecho ahora?

Solo estoy protegiendo mi hogar y mi familia.

Y ella era su familia, tanto si estaba dispuesta a admitirlo como si no.

De hecho, tragó saliva, nervioso, porque ella no estaba en lo más mínimo intimidada por él.

Él veía esto ahora.

Incluso con todos sus poderes de vampiro y su razonamiento lógico, ella no tenía miedo.

¡Ella no le tiene miedo!

Stjepan abrió mucho los ojos con asombro.

Eso significaba que ella realmente lo amaba, porque ¿por qué si no haría esto?

En ese instante, Stjepan y Vladimir realmente miraron al otro con pena.

Estas mujeres encantadoras y poderosas en realidad parecían invictas y estaban desarmadas.

¡Qué espectáculo para la vista!

Las mujeres, comenzando con con su plan acordado, se acercaron a los hombres y, tomándolos a cada uno por un brazo, los llevaron a la mesa.

Sentados uno frente al otro en el medio con sus mujeres a los lados, nadie se sentó a la cabeza.

En silencio, Anđelko y Goran se sentaron en el otro extremo para ver cómo se desenmarañaban los eventos.

Helena y Gabrijel se acercaron y sirvieron copas de vino para todos ellos y luego se retiraron para mirar desde la puerta de la cocina.

Vladimir y Stjepan intentaron mirarse el uno al otro, Stjepan sofocado por un suave golpe en la espinilla con el zapato de Katarina y el codo interno de Vladimir pellizcado por Kristina.

Pensó en amonestarla y luego lo pensó mejor.

Se reclinó en la silla, parecía tranquilo pero muy alerta mientras sorbía el excelente vino de la bodega de Stjepan.

Ambos hombres esperaron, resignados a que las mujeres estuvieran muy a cargo en este momento.

Un silencio más profundo descendió sobre todos ellos hizo que hasta el tictac del reloj batiera en un ritmo mordiente que reverberó con el absoluto silencio de la sala.

El nerviosismo de las emociones reprimidas se arremolinó rotundamente hasta que la tensión alcanzó alturas insoportables.

Goran, que no entendía todo lo que estaba ocurriendo, se movió incómodamente confundido.

La fragilidad del silencio en la sala se rompió con sus movimientos.

Kristina inclinó su cabeza hacia Katarina, indicando que ella debería actuar primero.

Katarina respiró hondo.

Ella miró a cada uno de ellos a los ojos.

Satisfecha de que tenía toda su atención, comenzó.

"Stjepan y Vladimir, esta mala sangre entre ustedes termina esta noche. No toleraremos su odio el uno al otro un minuto más".

La voz de Katarina era baja y firme en su entrega.

Sus manos estaban apoyadas en sus caderas mientras hablaba con cada una de ellos.

"Dicho esto, sabemos que tienen diferencias para resolver entre sí y no nos levantaremos de esta mesa hasta que todo esté resuelto".

Katarina se volvió hacia Stjepan ahora, alcanzando su brazo, sus ojos suplicantes y su amor brillando claramente por primera vez para que todos lo vieran.

"Te amo Stjepan. No renunciaré a ese amor por tu enemistad, pero estoy preparada para hacerlo. Dejaré esta casa esta noche si continúas con tu venganza".

Stjepan sintió que su corazón se hinchaba al escuchar sus palabras de amor y Katarina contuvo el aliento al revelarle sus sentimientos por primera vez.

Su sangre vibraba y su brazo hormigueaba donde ella la sujetaba.

Estaba indefenso ante su pasión, belleza e inteligencia.

Había esperado mucho tiempo a que su Katarina se convirtiera en esta encantadora joven.

Una mujer que podría y sería su verdadera compañera si tuviera algo que ver con eso.

Estaba preparado para hacer lo que fuera necesario para mantenerla a su lado.

Incluso arreglar las cosas con Vladimir.

Sin embargo, no podía en su orgullo parecer ceder tan fácilmente, por lo que simplemente gruñó y permaneció en silencio.

Oh, eso despertó a Katarina un pesar.

Pero podía ver que no le había ido mejor con Vladimir.

Tenía una leve sonrisa en su rostro como si Katarina hubiera descrito a Stjepan como si fuera un joven insensible y no un hombre.

¡Oh, no me habría perdido esto por nada del mundo! Pensó para sí mismo.

Ver a Stjepan luciendo avergonzado era como música sonando en su corazón.

Soltó una breve carcajada hacia Stjepan que se retorcía en su asiento.

Katarina lo miró malvadamente por un segundo y lo vio alzar una ceja ante su expresión feroz, y luego decidió que ese era el problema que Kristina tenía que controlar.

Ver a su nueva amiga respirar profundamente y luego enfrentarse con Vladimir al otro lado de la mesa la hizo sonreír con anticipación.

Kristina golpeó sus nudillos en la mesa para atraer su atención hacia ella.

"¡Vladimir!" Kristina gritó hacia él en un estallido de ira, sus ojos se estrecharon de consternación mientras se ponía de pie.

Claramente no se daba cuenta del riesgo para ella en su persona si continuaba comportándose tan descaradamente, Katarina pensó para sí misma.

Stjepan parecía satisfecho de que ahora él también recibiría su merecido.

Volvió a nivelar el campo de juego en sus ojos.

Los dos vampiros aún no estaban completamente de acuerdo, pero su rivalidad se había desinflado seriamente con el advenimiento de las mujeres.

"Cuando Katarina dijo su verdad, ella también hablaba por mí. Resuelve tus diferencias o no hay más. Soy un adorno para tu mansión, mesa o cama. ¡Hombres! ¡Bah! ¡Todo lo que haces es tomar, tomar y tomar! Dividir y conquistar. ¿A dónde te ha llevado eso? ¡Ciertamente, ninguna de las respuestas a las preguntas que siempre has tratado de revelar! ¡Si no aprovechas esta oportunidad aquí y ahora para hacerte amigo de Stjepan nuevamente, no tengo ninguna utilidad para ti! "

Fue entonces cuando todos se dieron cuenta de que Kristina había estado usando su dedo para golpear a Vladimir en el pecho para hacer valer su posición.

Su diminuta estatura donde estaba parada era incongruente con su imponente influencia, incluso mientras él estaba sentado.

Sin embargo, Vladimir se enderezó y le cubrió suavemente el dedo con la mano.

"Muy bien, Kristina. Ordena, y obedezco, en este caso. Sabes que puedo retenerte, aunque intentaras escapar, y aunque eso podría resultar divertido, estoy escuchando lo que me estás diciendo".

Vladimir hizo un intento por mantener el sentido del humor fuera de su voz al decir esto, pero fracasó miserablemente.

Ella era suya y permanecería si él tuviera que encadenarla a su lado.

Kristina no dijo nada, simplemente esperó a que él continuara mientras su pie golpeaba el suelo.

"Me has conquistado con tu amor y ardiente naturaleza y ardor. Haré todos los esfuerzos para reencontrarme con Stjepan a mitad de camino en este esfuerzo".

Vladimir luego llevó su mano a sus labios y besó sus nudillos.

Aturdida por su rápida capitulación y su beso, ella se hundió en su silla, sus ojos dilatados con el oscuro remolino de pasión en los suyos.

Entonces supo que todo iba a estar bien.

Todo ello.

Vladimir y Stjepan.

Ella y Vladimir.

Vivirían como iguales en su alianza de unión para siempre.

Ella cerró los ojos con alivio, amor y agradecimiento.

Mirando a Stjepan por primera vez sin calor en sus ojos, Vladimir comenzó.

"Stjepan. Una vez fuiste el hermano de mi alma. Mi mejor amigo. Tú y yo hicimos todo juntos, compartimos todo, incluido el amor de Đurđa. Te extrañé incluso cuando no te lo reconocí. No tengo derecho a pedir perdón, porque le fallé a Đurđa. Fallé porque no escuché su angustia. Pero no le habría lastimado nunca. ¡Debes saber esto! ¿No podemos resolver nuestras diferencias? Si no puede ser de nuevo una amistad, por lo menos ¿un acuerdo de paz?"

Se quedó en silencio después de sus palabras en voz baja.

Stjepan se pasó los dedos por el pelo y exhaló el aliento, consciente de una Katarina vigilante a su lado, su mano entrelazada con la suya debajo de la mesa.

"Vladimir, mi corazón se arrancó de mi cuerpo al ver a Đurđa. Dejé de vivir en ese momento. ¡Era todo lo que tenía! ¡Era todo lo que era bondad y luz en este mundo! ¡Y te la confié a ti!"

Amarga invectiva que salía de sus labios.

Stjepan gimió en ese momento, sintiéndose triste por su dolor.

Dolor que nunca había experimentado.

Sondeó las profundidades de su alma, corrió por sus venas y salió de su cuerpo en grandes sollozos.

Katarina inmediatamente y sin reservas envolvió sus brazos alrededor de él, meciéndolo suavemente, cantando en su oído.

Miró hacia arriba y vio lágrimas silenciosas goteando húmedas por la cara de Vladimir sin control y sin vergüenza.

Kristina estaba atendiéndole a él y a sus necesidades también, rozando sus dedos suavemente contra sus mejillas, presionando suaves besos donde yacían los senderos de lágrimas.

"Llora, mi amor. Deja que los venenos del pasado abandonen tu cuerpo de una vez por todas. Recuerda lo buena que fue Đurđa y que sepas que estaré a tu lado mientras lo haces".

Katarina continuó sus entonaciones suaves, solo sosteniendo a Stjepan cerca de su corazón, dejando que su amor por él lo envolviera en la nube de su ser.

Entonces la alcanzó, envolviendo sus propios brazos alrededor de su cuerpo tembloroso, aceptando su regalo de sustento.

Después de un momento de silencio, se quitó las lágrimas vertidas y la pena de su rostro, donde se habían depositado, tratando de recuperar la compostura.

Cuando lo hizo, se dio cuenta de que Vladimir y Kristina se habían movido a su lado.

Levantándose con poderosa elegancia, atrapó a Vladimir en un abrazo de oso de gran magnitud.

Los dos amigos lloraron juntos por su pérdida mutua.

Compartiendo su dolor que sabían de todo lo sucedido en tiempos anteriores.

Se abrazaron durante minutos, sus compañeras de pie a su lado también listas para ofrecer su propia confortabilidad cuando se les pidiera.

Finalmente, se separaron para sentarse juntos y continuar su duelo.

Todo estaba en silencio y quieto, excepto por la respiración trabajosa de los dos vampiros, antiguos amigos cercanos, después enemigos amargados, y ahora en duelo mutuo, juntos una vez más.

CAPÍTULO XXXVIII

Sabiendo instintivamente que los cuatro necesitaban un tiempo a solas, los demás salieron del comedor.

Helena y Gabrijel a la cocina.

La sopa todavía tenía que ser atendida.

Se había dejado calentándose en la enorme estufa de hierro fundido para servir.

Helena agregó una pizca de sal y pimienta a la mezcla, probándola para su aprobación final.

Gabrijel barrió el suelo para ayudar a su Helena.

Su amor por ella y su hija iluminando sus ojos mientras veía a su amada sazonar su sopa.

Pensó que era un hombre muy afortunado cuando su mirada cayó sobre su trasero redondeado.

Ella todavía le causaba agitaciones de lujuria y deseo después de todos estos años.

Comenzó a tararear suavemente cuando sus pensamientos se volvieron para más tarde esa noche después de que se retiraran.

Goran y Anđelko fueron a los graneros.

Una vez que estuvieron fuera de miradas inoportunas, se abrazaron en las sombras oscuras del granero.

Con una linterna que hacía que parpadeos de luz débil capturaran sus siluetas mientras se balanceaban juntos.

El dúo bailó frente a las criaturas dormidas que habitaban el granero.

Los toques suaves se volvieron más apasionados con el paso de los minutos.

Los besos suaves se volvieron más ardientes, las manos viajaron libremente una sobre la otra, dejando a un lado la ropa.

Ruidos de amor atrapados en la parte posterior de sus gargantas y fueron capturados en sus bocas.

Así fue como Stankov los encontró, hurgando con sus ropas.

Silenciosamente se burló de la pareja que se abrazaba mientras se acercaba.

Cerca.

Más cerca aún.

Darija y Roko se habían acurrucado en busca de calor después de los eventos del día, los caballos sorbían silenciosamente la comida de cubos de avena cercanos.

Inmediatamente se pusieron de pie, con los pelos de punta y las bocas abiertas de asombro.

Pero resultó ser demasiado tarde.

Stankov aplastó un palo pesado sobre la cabeza de Goran, antes de que Anđelko pudiera reaccionar.

Cayó al suelo inconsciente con sangre cubriendo la parte posterior de su cabeza, una gran mancha en evidencia.

Anđelko rugió de rabia y pena por el cuerpo tirado de su amante y se lanzó contra Stankov, mientras Darija y Roko, ya despiertos por el ruido, iban por los talones.

Stankov los atacó con su garrote, haciendo todo lo posible para mantenerlos a raya, pero avanzaron hacia él por todos lados.

Cuando uno u otro le era dirigido un golpe de mirada por el salvaje balanceo de Stankov, los otros dos continuaban su camino hacia adelante.

Pulgada por pulgada, Stankov estaba perdiendo terreno.

Finalmente retrocediendo por completo hacia la pared del granero.

Y aun así siguieron avanzando.

Era difícil determinar quién estaba más furioso, Anđelko o los sabuesos.

La saliva les cubría a todos cada una de sus mandíbulas inferiores, con intención asesina en sus ojos.

Y como Stankov no podía ver a dónde iba, dio pasos lentos y medidos en retirada.

Su respiración era irregular debido a sus esfuerzos, sus ojos muy abiertos y desenfocados, golpeando ciegamente ahora cuando la realidad de su situación se apoderó de él.

Tropezando con un pequeño afloramiento de rocas, cayó de espaldas, con su garrote fuera del alcance de sus dedos.

Y estaban sobre él como una manada voraz en segundos.

Los sabuesos desgarrando su cuerpo expuesto, Anđelko golpeando su cara y pecho con los puños endurecidos.

Stankov estaba vencido y él lo sabía.

Mostrando una última oleada de fuerza, se liberó de su agarre sobre él y comenzó a saltar, cojeando pesadamente.

Sin embargo, había perdido su sentido de la orientación y corrió directamente hacia los acantilados.

Chillando de consternación cuando se dio cuenta, su cuerpo cayó en picado hacia las rocas traicioneras de abajo.

El grito ululante fue decreciendo con el telón de fondo del mar furioso.

Con precaución, Anđelko y los perros se dirigieron al borde.

Y se quedaron satisfechos de que Stankov ya no viviera.

Con el cuello torcido en un ángulo extraño con respecto al resto de su cuerpo, observaron exultantes cómo el mar agitado reclamaba su cuerpo.

Dirigiéndose de regreso al granero, Anđelko se colocó junto al cuerpo inmóvil de Goran, y frenéticamente usó dedos suaves para sondear la herida mientras escuchaba su pecho.

La calidez pegajosa se encontró copiosamente con sus dedos.

La herida era profunda, penetrando hasta el hueso que puedo sentir.

Desesperadamente, observó la concavidad del pecho de Goran apenas susurrante en su camiseta de campesino.

Al escuchar un ligero aliento ronco, recogió a su amor y corrió hacia la mansión.

Darija y Roko brincaban detrás de sus pies, sus bocas todavía recubiertas con pedazos de Stankov.

Sabía que los vampiros podrían ayudar a Goran.

¡Tenían que!

Había visto varias veces como Vladimir había causado la curación en seres enfermos, aunque también había visto a algunos con lo que habían ido demasiado lejos para poder salvarlos.

No podría soportarlo si Goran se hubiera perdido para él.

Anđelko ahora se daba cuenta de la profundidad de sus sentimientos.

Solo esperaba que no fuera demasiado tarde.

No podría vivir consigo mismo si Goran muriera, porque si lo hiciera, entonces él, Anđelko, también moriría.

¡Debe vivir!

OCTAVA PARTE
GORAN

CAPÍTULO XXXIX

Stjepan tomó una última y temblorosa respiración y la soltó lentamente, y se limpió las mejillas con la punta de los dedos.

Katarina se quitó el pañuelo metido en el corpiño y secó suavemente su dolor inicial.

Él le sonrió complacido con la intimidad del gesto.

Él extendió la mano para acariciar su cabello por primera vez, los mechones brillando mientras se deslizaban entre sus dedos.

Agarró un puñado y los lanzó con cautela al viento, acercando después sus labios a los de ella, con fuerza, poderosamente la primera vez.

Toda su pasión reprimida se comunicaba con sus suaves y ceñudos labios.

Era toda una satisfacción masculina por los suaves gemidos que emanaban en su garganta en su abrazo.

Su cuerpo comenzaba a amoldarse al suyo cuando Vladimir comenzó a llamar la atención.

Stjepan levantó la vista para ver la diversión danzante en los ojos de Vladimir.

Él se encogió de hombros.

No lamentaba haber hecho eso.

Especialmente cuando Katarina lo miraba sin aliento con tanta adoración.

Se sintió vivo por primera vez en mucho tiempo.

Desde su posición privilegiada, podía ver a Helena y Gabrijel sonriendo a la pareja, cuando regresaban de la cocina, llevando la sabrosa sopa para servir pronto.

Kristina tenía su brazo envuelto alrededor de Vladimir, su cabeza descansando sobre su hombro.

Ella parecía contenta.

Ella fue la primera en romper el silencio.

"Mis Lores Stjepan y Vladimir, lamento su pérdida. La pérdida de Đurđa y la pérdida de los años intermedios de pena y amistad compartidas. Era realmente hermosa, si su retrato es algo con lo que poder valorarla. Gran inocencia y, a la vez, picardía mostraba en su cara. A pesar de cómo ha sucedido todo esto, ¿cómo puede haber algo malo ahora? Y todavía tenemos tiempo para lamentar la pérdida y hablar de lo sucedido".

Kristina inclinó la cabeza con reverencia, en una muestra de respeto por los muertos y el duelo.

Vladimir la atrajo más cerca de su lado.

"Querida, por mucho que desee sentir el aire, en este momento todo lo que quiero hacer es abrazarte fuerte. Tú me perteneces. Yo te pertenezco. Y buscarte solo me ha reforzado que eres mía para toda la eternidad. Stjepan, si puedes soportar esperar una noche más, antes de que intentemos dar sentido a los acontecimientos de hace mucho tiempo, te lo agradecería mucho ".

Vladimir seguía siendo arrogante, pero Stjepan reconoció el brillo en sus ojos.

Y pensó en incitar a su viejo amigo un poco, pero lo pensó mejor.

Después de todo lo que los había hecho pasar, ¿podría negar esta solicitud?

No, no podía, especialmente porque un pequeño bulto se retorcía en sus brazos.

Ella ordenaba su atención.

Su rostro enrojecido, hacia arriba, sus ojos brillantes, su boca de Cupido rosada y suave, le llamaron la atención.

"¡Vladimir, tu entusiasmo te demuestra lo pícaro que eres! Haz que Gabrijel os lleve a vuestra habitación. Y sumérgete en los placeres; no me importa nada en este momento. Me gustaría compartir un trago con Katarina".

Esta vez, cuando agitó su mano descuidadamente, fue un gesto fraternal de perdón.

Vladimir se inclinó rápidamente en su dirección y se movió con Kristina hacia la puerta que conducía al pasillo.

CAPÍTULO XL

Mientras caminaban de la mano a través de la puerta, tanto Kristina como Vladimir se detuvieron para apreciar la grandeza del salón.

El techo estaba abovedado y tenía un enorme fresco de ninfas escasamente vestidas retozando en una pequeña piscina, con querubines sonrientes rasgueando balalaikas.

En el punto más alto, una delgada cadena caía del techo hacia un gran candelabro que estaba iluminado con mil velas más o menos.

Kristina admiró la reluciente base de latón que ahuecaba cada vela y hacía que el salón brillara.

El revestimiento de madera era un color cenizo oscuro, aliviado por el papel tapiz de damasco a rayas alternadas de color blanco cremoso y granate.

Un gran escudo de armas colgaba en la pared posterior que representaba un gato de montaña y un cuervo luchando por la supremacía y con la inscripción de "Honor entre hombres" que era muy adecuada del momento.

Una vieja armadura, bastante gastada y abollada, ocupaba un lugar de orgullo en el gran salón.

Kristina no paró de decir ooohs y aaahs en su camino hacia la parte baja de las escaleras, preguntándose sobre batallas lejanas y el honor por encima de todo lo demás.

Gabrijel los esperó pacientemente allí.

Kristina deslizó su mano sobre la barandilla que hacía juego con el revestimiento.

Acarició con sus dedos su acabado satinado mientras se colocaba detrás de Gabrijel para comenzar a subir.

La barandilla tenía un agarre firme que se acrecentaba, cuanto más se elevaban.

Al mirar por el rabillo del ojo, vio a Vladimir respirar profundamente mientras su mirada estaba posaba sobre su escote.

Ella se imaginaba que él estaría pensando en otros lugares donde su mano pudiera tener un agarre firme.

Una sonrisa cómplice curvó sus labios, mientras Vladimir intentaba apresurar sus movimientos colocando una mano alentadora debajo de su codo.

Pero ella no iba a ser engañada.

Tenía la intención de replantear su reclamo correctamente, con amor y por un buen rato.

Solo para molestarlo un poco, se detuvo en las escaleras para mirar los retratos de la familia que se alineaban en la pared cubierta de damasco.

Generaciones de Markovics la miraban desde sus marcos.

Todos con rasgos elegantes, ascéticos.

Podía ver de dónde sacaba Stjepan su mirada.

Vladimir se demoró un momento, antes de llevar a una risueña Kristina a sus brazos.

¡Ella no podía pararse más! Pensó sombríamente.

Si no la tengo pronto ...

Justo cuando la pareja llegó al balcón del segundo piso, la puerta principal se abrió con un estruendo.

Al mirar hacia abajo, vieron a Anđelko acunando a Goran en sus brazos.

Ambos estaban pálidos y Goran parecía muerto.

Anđelko, con lágrimas corriendo por sus mejillas, miró impotente a Vladimir, mientras se arrodillaba con su preciosa carga.

La puerta siguió lanzada por los vientos arremolinados y repitió su alboroto contra el interior.

La lluvia entró y empapó la entrada, mientras las hojas bailaban de forma macabra como si estuvieran de júbilo por el destino de Goran.

Darija y Roko jadeaban y vigilaban a las figuras caídas.

Stjepan, Katarina e Helena salieron corriendo del comedor.

Con ojos lastimosamente asustados, Anđelko los miró a todos y dijo:

"¡Ayúdenme!"

Sus palabras liberaron el trance sobresaltado por el que todos habían estado pasando.

Ambos vampiros corrieron al lado de Anđelko.

Gabrijel cerró la puerta y Helena corrió en busca de vendas y la fabricación de una cataplasma.

Katarina subió las escaleras hacia Kristina, que había corrido a una habitación en busca de mantas.

Suavemente agarrando al inconsciente Goran de los dedos flácidos de Anđelko, lo llevaron rápidamente al comedor.

Con un movimiento descuidado, Stjepan barrió la mesa de vasos, platos, cubiertos, tazones de flores y cualquier otra cosa que se interpusiera en su camino.

Helena hizo un equipo con él, mientras colocaba en la mesa los suministros medicinales y corría hacia la escoba.

Suavemente, muy gentilmente, los vampiros pusieron a Goran en la mesa.

Vladimir sondeó la herida y miró tristemente a Anđelko.

El daño que el golpe había causado era extenso y no sabía si sería capaz de salvar a Goran.

Anđelko miraba aturdido mientras Vladimir continuaba su exploración, buscando otras heridas ocultas.

Un leve silbido escapó de los labios de Goran cuando Vladimir pasó sus dedos por sus costillas.

Vladimir le rasgó la camisa y todos vieron la masa oscura a su lado, indicativa de al menos una costilla rota.

Anđelko se castigaba internamente por haberse descuidado en el granero.

"Mi amigo, mi querido y dulce amigo. No sé si podremos ayudar a Goran, pero por tu bien haré lo mejor que pueda. No es menos de lo que harías por mí".

Los ojos de Vladimir estaban angustiados por su conocimiento recientemente aprendido de las heridas de Goran.

"Quiero que vayas con Katarina al estudio a tomar algo. No necesitas ver esto. Y lleva a Kristina contigo, por favor".

"¡Vladimir! Mis artes curativas pueden resultar útiles. Me quedo".

Kristina le lanzó una mirada oscura que no permitía discusiones.

Ya estaba rompiendo una sábana para usarla como envoltorio para las heridas de Goran y una para la cataplasma por venir.

Su eficiencia y movimientos seguros fueron lo que decidió en la mente de Vladimir de que ella realmente se quedaba.

CAPÍTULO XLI

Katarina condujo a un reticente Anđelko a la biblioteca.

Ella lo empujó suavemente hacia una de las sillas empotradas y rápidamente le trajo un trago de brandy.

Instando el vaso a sus labios, ella lo obligó a inclinar la cabeza hacia atrás para tomar el líquido.

El color lentamente cubrió sus mejillas y su respiración disminuyó mientras bebía.

Una vez que terminó, Katarina le sirvió otro vaso, pero lo colocó junto a su codo en la mesita que había allí.

Luego tomó cada una de sus manos una por una y las frotó entre las suyas, luchando contra los restos del frío para restaurar su circulación.

Su parloteo se detuvo y sus labios ya no eran tan horriblemente azules.

Llamó a su padre para que avivara el fuego y buscara un par de pantalones y camisa secos para Anđelko.

Pronto un resplandor alegre calentó la habitación.

"Gracias, señora Katarina, por su amabilidad con un anciano como yo. Estoy en deuda con usted".

El discurso de Anđelko fue bajo y forzado.

"Dices cosas sin sentido. Solo he sido amable. No tienes deudas conmigo, señor. Un día serás amable con un extraño y esa será mi recompensa. Y este, a su vez, será amable con otro".

La voz musical de Katarina era angelical contra el crepitar del fuego.

"Si puedes, descansa los ojos. No te quedan fuerzas. La humedad se filtrará en tus huesos, si no te secas. Si no te parece mal, saldré por unos momentos y cerraré las puertas, de modo que tú te podrás cambiar".

Sin abrir los ojos, Anđelko asintió con la cabeza.

Estaba cansado.

El horrible descubrimiento de ver a Goran tan quieto aún resonaba en su cabeza.

Para un hombre tan incondicional, las heridas de su joven amor lo habían deshecho.

En susurros suaves, sintió en lugar de ver a Katarina irse, cerrando suavemente las puertas detrás de ella.

Inmediatamente, agarró el vaso y tragó el contenido de un trago.

No contento con eso, tomó la jarra y sirvió otro vaso, que dejó sobre la mesa.

Se quitó la ropa empapada y se puso rápidamente la ropa prestada.

Sintiéndose sucio y avergonzado de haber sido atrapado tan desprevenido, arrojó su ropa cubierta con sangre al fuego.

Mirándola arder mientras él se sentaba frente al fuego para calentarse, reflexionó sobre el giro de los acontecimientos.

También estaba mirando la nueva copa de brandy.

Sus ojos comenzaban a estar vidriosos no solo por el shock, y sin haber comido, sino también por la bebida.

Seguía mirando el fuego cuando Katarina regresó.

Sabía que ella le diría si había alguna noticia.

Su expresión triste habló a su corazón mientras ella llevaba una bandeja cubierta de fruta y queso que colocó al alcance de Anđelko.

No pudo comer.

No podía hablar.

No podía respirar lo suficiente.

Se sentaron juntos en un silencio tenso mientras el tictac del reloj y el fuego eran los únicos sonidos que resonaban en la habitación.

Determinada, Katarina levantó su pesada silla y comenzó a cepillar el cabello húmedo de Anđelko.

Asustado, miró por encima del hombro a esta joven, tan desesperada por ofrecerle alivio.

Él asintió una vez en agradecimiento, estando demasiado ahogado para decirlo de forma verbal.

Katarina comenzó a tararear canciones de sus aldeas mientras pasaba el cepillo y los dedos por sus rizos rubios.

Anđelko estaba tan desconsolado y todavía tan cargado de culpa que no se dio cuenta cuando se apoyó contra su muslo externo.

Katarina no vio ninguna razón para corregirlo mientras trabajaba pacientemente el cepillo.

Así fue como Stjepan los encontró una hora después.

Sus pasos lentos y medidos vencieron un espíritu de derrota a Anđelko.

Se puso de pie, corrió hacia el vampiro y lo agarró por los hombros con dureza.

Stjepan simplemente miró las manos de Anđelko, y Anđelko las dejó caer inútilmente a sus costados.

Había visto el parpadeo de una advertencia en los ojos de Stjepan, y no tenía la intención de faltarle el respeto en lo más mínimo.

Esperaba ansiosamente lo que Stjepan tenía que decir, al igual que Katarina, igualmente preocupada, que se puso a su lado y le puso una mano reconfortante en la parte superior de la espalda.

Todo el decoro había huido entre ellos en esta hora agotadora.

Stjepan suspiró.

"Anđelko ..."

CAPÍTULO XLII

Vladimir y Stjepan se convirtieron en frenéticos torbellinos de actividad después de que Anđelko se fuera.

Aunque Anđelko sabía y respetaba lo que eran, no tenían idea de cuáles serían sus sentimientos si fuera testigo de sus intentos de salvar la vida de Goran.

Con empatía, los dos vampiros se unieron a la perfección.

" Vladimir, ofreceré mi sangre por Goran. Tus manos están ocupadas en otra parte".

"Stjepan ... tiene el comienzo de una infección pulmonar. Y se siente peor en esta última hora. No sé qué tan avanzada pueda estar".

"Mi amigo, haremos lo mejor que podamos. No más. No menos". Stjepan fue muy afirmativo en su declaración.

Vladimir estaba orgulloso de volver a llamar amigo a Stjepan en ese momento.

Cualquier duda persistente del conflicto entre ellos se disipó con su disposición a ayudar.

"Gracias, mi amigo Stjepan. ¡Cómo te he extrañado!"

Stjepan se inclinó gentilmente.

No se había dado cuenta de que parte de su dolor se debía a la pérdida de Vladimir como su compañero.

Algo que ahora rectificaría a toda costa, juró.

Vladimir leyendo sus pensamientos solo asintió con la cabeza; estaba más preocupado por un pulmón perforado y una posible infección que la herida en la cabeza en este momento y estaba poniendo las manos sobre ese lugar para ver si podía sentir una lesión interna.

Stjepan se mordió la muñeca, haciendo que se formara una línea de líquido rojo inmediatamente.

La colocó suavemente contra la boca de Goran, levantando su otra mano, para bajar la mandíbula, de modo que el fluido potencialmente salvador se acumulara en su boca.

Una vez que su boca estuvo parcialmente llena, Stjepan la cerró, y luego comenzó a acariciar sus dedos suavemente contra la garganta de Goran para ver si tragaba el líquido.

No quería forzar la cabeza del hombre hacia atrás, no con su herida en la cabeza.

Una vez que el procedimiento resultó ser algo exitoso, repitió el proceso.

Goran nunca recuperó la conciencia, pero los músculos de su garganta funcionaban y forzarían a que la sangre sanadora se tragara.

Finalmente, Stjepan selló su muñeca y dio un paso atrás.

Kristina había estado ocupada con la herida en la cabeza de Goran.

Le había pedido a Helena que le trajera un mortero y una maja y se había quitado el sobre de hierbas que colgaba de su cinturón.

Puso milenrama en el mortero y la molió en un polvo muy fino, que luego roció sobre su herida abierta.

Suavemente envolvió su cabeza y la dejó como estaba.

Tendría que revisarlo con frecuencia y agregar más milenrama según sea necesario, pero no quería hacer demasiado.

Mientras hacía esto, hizo que Helena hirviera la verbena y la raíz de consuelda en macetas separadas.

La verbena se convertiría en un té amargo, pero era excelente en la prevención de infecciones sanguíneas.

Y la consuelda se convertiría en una pasta con aceite de linaza que se aplicaría en el costado de Goran como una cataplasma que se debía de cambiar con frecuencia, y que se debía envolver bien.

Por mucho que tuviera fe tanto en Vladimir como en Stjepan y sus habilidades, sabía del poder de estas hierbas, las había visto trabajar en el pasado y sentía que tenían la misma importancia en su intento de salvar a Goran.

Además, ¿qué les entorpecería?

Cualquier cosa que pudiera hacerse para aliviar el sufrimiento de Goran tenía que ser buena, ¿no?

Ella reflexionaba sobre todo esto cuando Helena trajo cuidadosamente el té empapado.

Y continuó reflexionando sobre lo honorable que era ayudar a tratar de salvar la vida de un hombre.

Sus experiencias recientes en el pueblo se habían limitado a su curación.

Y luego, solo habían sido las mujeres las que se habían acercado a ella, con reticencia y en secreto.

No querrían que sus hombres pensaran que se estaban asociando con una mujer de mala reputación.

Ninguno de los hombres la miraba ni le hablaba después de los despreciables rumores de Stankov.

Había sido vilipendiada por ser honorable para la memoria de Andrej.

Qué extraña era la vida al cerrar el círculo.

Stankov perdido para siempre debido a su maldad y ella encontró la felicidad para siempre debido a su bondad.

Ella sacudió la cabeza para aclarar estos pensamientos, volviendo a la desgarradora escena ante ella.

"Stjepan, por favor, ven a tomar mi lugar en la cabeza de Goran. Acomódalo suavemente en tu regazo. ¡Sí, tienes que arrastrarte sobre la mesa como lo he hecho! ¡Deja de preocuparte!"

Kristina conocía perfectamente sus pensamientos mientras aparecían en su rostro.

De hecho, captó la risa y la sonrisa de sorpresa en el rostro de Katarina mientras se apresuraba con una bandeja.

Finalmente, con Stjepan en su lugar, podría comenzar a darle el té de verbena a Goran.

Lenta y constante, trajo la cuchara repetidamente a sus labios, vertiendo el líquido y, tal como había visto a Stjepan, acarició su garganta.

Sus músculos continúan trabajando convulsivamente para ingerir el líquido.

Una vez que sintió que él había bebido una cantidad suficiente, dejó a un lado la taza de té.

Mientras ella había estado haciendo eso, Vladimir había tomado la raíz de consuelda triturada y pulposa y la había aplicado a las contusiones crecientes en el costado de Goran.

Colocando una gruesa capa sobre su piel, él y Stjepan estaban trabajado juntos para atarla al costado de Goran.

Goran gruñó bajo en su garganta por sus esfuerzos, pero permaneció sin recuperar el conocimiento.

Movimientos de sus manos inquietas, en intentos de arañar sus ataduras, causaron que los vampiros lo llevaran a una habitación de arriba después de que se observaron sus heridas iniciales.

Lo colocaron encima de un suave edredón y cuando se mostró inquieto, arañando sin saberlo sus ataduras, usaron restricciones suaves para mantener sus manos abajo.

Helena recibió instrucciones de permanecer con Goran por el momento y comenzó a aplicar compresas frías en la frente y la cara metódicamente.

Los dos vampiros luego regresaron escaleras abajo.

Helena, además de vigilar, también murmuró oraciones sobre su cuerpo aparentemente sin vida, ya que Stjepan no llamaría a un sacerdote.

Por otra parte, tampoco un sacerdote cruzaría el umbral si fuera invitado, se temía la práctica de Stjepan de sus artes oscuras y sus poderes míticos.

Sintió que los últimos ritos funerarios debían ser invocados, aunque fuera por ella, en caso de que el alma de Goran estuviera condenada a muerte.

Tan blasfema como se sentía en esos momentos, para ella sería más blasfema si no lo hacía.

Incluso sumergió sus dedos en el recipiente con agua para colocar el signo de la cruz en su frente caliente, en sus labios, sobre su corazón.

Y ella acariciaba sin cesar su rosario mientras realizaba sus servicios de enfermería.

CAPÍTULO XLIII

Al detenerse primero en el comedor, vieron que Kristina y Gabrijel estaban haciendo un poco de limpieza.

El mantel estaba arruinado, pero Stjepan no escatimó ni un segundo en pensarlo.

Había superado su ira y estaba trabajando para reparar su relación con Vladimir, y si ayudar a Goran y Anđelko era un medio para lograrlo, entonces haría lo que fuera necesario.

Kristina continuó envolviendo sus preciadas hierbas, mientras Stjepan guiaba a Vladimir hacia la mesa del buffet y la botella de vino para consumir lo que había logrado escapar de la destrucción anterior de Stjepan.

Inclinándose junto al oído de Vladimir, habló en voz baja.

"Mi amigo, no sé si el muchacho puede salvarse. Incluso después de la sangre de mi vida y las hierbas de Kristina, él todavía está tan pálido. Es bueno que pelee, pero ¿será demasiado para él?"

"No lo sé, Stjepan. La única solución posible sería convertirlo en uno de nosotros. Pero no tenemos su consentimiento y, por el momento, está demasiado débil para otorgárselo. Para ser convertido en uno de nosotros, el proceso es ciertamente más fácil con el consentimiento acordado. Los riesgos de no pedir su permiso pueden ser mayores que el posible bien que pudiéramos hacer. ¡Ya lo sabes!"

Vladimir fue contundente y enfático en su entrega.

"Un hombre poco dispuesto es un hombre mortal. Mira a Stankov y su comportamiento y muerte. ¿Cambiarías a ese joven encantador por un ser tan inestable, arriesgando la muerte? No lo haría. No sin pensarlo más. Tal vez, deberíamos incluir a Anđelko en esta discusión Después de todo, son amantes".

Vladimir suspiró profundamente al decir esto.

No tomaría esta decisión sin al menos consultar a Anđelko.

"Muy bien, Vladimir. Traeremos a Anđelko en esta discusión. Como tú dices, son amantes".

Stjepan se giró para irse cuando sintió una mano en su brazo.

Mirando a los preocupados ojos de Kristina, suspiró como lo había hecho Vladimir.

"Mi querida Kristina, no tenemos otra opción. Si Goran sobrevive la noche, puede considerarse afortunado de tener un día más en la superficie de la tierra. Pero no podemos prometer nada. El examen de Vladimir reveló que, para empezar, no era constitucionalmente fuerte. Ya tenía los comienzos de la neumonía en los pulmones antes de estas lesiones. Hacemos nuestro mejor esfuerzo. Eso es todo ".

Kristina sintió las lágrimas formándose en sus ojos, pero se negó a permitir que se derramaran.

Necesitaba ser fuerte para Anđelko.

Anđelko que había llegado a significar mucho para ella.

Si no podía hacer esto ahora, en su momento de necesidad, ¿qué clase de amiga sería realmente?

Entonces, sus ojos esmeraldas se volvieron más brillantes con esas lágrimas no derramadas, su columna vertebral se enderezó con su resolución, y aflojó su agarre sobre el brazo de Stjepan, para que él pudiera pedirle a Anđelko que acudiera.

Vladimir estaba asombrado de su comportamiento orgulloso, pero a su vez tranquilo, y su control despiadado.

Él le dio un suave beso en la frente para hacerle saber que estaba complacido con su consideración.

CAPÍTULO XLIV

Anđelko se tambaleó bajo el peso combinado de la mirada fija de Stjepan, el alcohol que había consumido y su propio miedo.

Tenía curiosidad por conocer el destino de Goran, pero no estaba dispuesto a soportar la peor parte de las consecuencias.

¡Ha sido culpa mía!

¡No fui lo suficientemente cuidadoso, no fui lo suficientemente valiente y no lo amé lo suficiente!

Anđelko gimió en su alma.

Todavía no podía hablar.

Sus ojos llorosos intentaron concentrarse en Stjepan.

Lo intentó tanto y no pudo hacerlo.

Finalmente, la carga se hizo demasiado grande.

Se dejó caer de rodillas y luego se quedó postrado en el suelo en su dolor.

Ni Stjepan ni Katarina pudieron alcanzar su alma.

De sus manos se les escaparon sus hombros descuidadamente cuando Anđelko se obligó a derrumbarse en el suelo.

Lentamente, Anđelko sintió que todos sus sistemas internos comenzaban a apagarse.

Su mente, su corazón, su alma.

Con la incredulidad evidente en sus rasgos, Stjepan vio como Anđelko intentaba morir, creyendo que Goran ya había pasado a mejor vida.

Katarina gritó largo y fuerte, los ecos reverberaron sin cesar en la habitación.

Stjepan intentaba sacar a Anđelko de su postración, sin éxito.

Intentó fusionar su mirada con la de Anđelko, pero la de Anđelko estaba en blanco.

Su mente en retirada ya.

Una oscuridad tan impenetrable incluso para Stjepan mientras buscaba en su mente.

En su frustración, Stjepan intentó sacudir a Anđelko, pero él era una muñeca de trapo, flácido en sus brazos.

Así los encontraron Vladimir y Kristina.

Vladimir agarró al catatónico Anđelko y también lo intentó.

Nada llegó a Anđelko dentro de su pozo oscuro.

Se sintió seguro allí.

Eso era todo.

No recordaba por qué se encontraba en la remolinante negrura, pero era reconfortante.

Casi como si estuviera flotando, había tranquilidad.

Cuanto más escuchaba ruidos, más se retiraba a medida que se desvanecía más y más.

Sabía lo suficiente como para esconderse.

Las voces y los ruidos traían dolor, y él no quería ser parte de eso.

Más profundo y más profundo en los recovecos de su mente, se sumergió hasta que los ruidos ya no existieron.

Luego hubo total quietud.

NOVENA PARTE
LUCIJA

CAPÍTULO XLV

Entre los dos vampiros, llevaron al Anđelko catatónico por las escaleras hasta la habitación de Goran.

Su razonamiento era que tal vez, tal vez, Anđelko sentiría la presencia viva de Goran.

Valía la pena intentarlo.

Ninguna de sus otras acciones había demostrado ser exitosa.

Las cejas de Vladimir estaban fruncidas por la preocupación y su palidez era más notable de lo habitual.

Todos estaban con la cara sombría y en silencio mientras miraban a los dos hombres, tan quietos en su cama compartida.

Sin movimiento.

Apenas mostrando signos de respiración.

La tensión era espesa, el miedo reflejado en los ojos de todos los presentes.

"Vladimir, hay algo más que podría intentar". Kristina dijo en voz baja. "Si pudiéramos encontrar algunas sanguijuelas para una sangría, tal vez eso podría ayudar".

"Mi querida, dulce Kristina. Sé que no tienes mucho conocimiento de lo que significa ser un vampiro en su sentido más verdadero, pero la sangre de Stjepan debería estar ayudando a Goran. ¡Y Anđelko! Dios mío, ¿cómo puedo llegar a él? ¡Necesito pensar!"

Vladimir había comenzado a hablar suavemente, pero su voz se hizo más fuerte al final de su discurso.

"¿Qué clase de Dios haría esto?"

Con eso, salió de la habitación sin mirar atrás.

Kristina estaba abatida.

Ella tembló por la manera en que Vladimir acababa de hablar con ella y su falta de fe.

Tocó la pequeña cruz de oro que se balanceaba alrededor de su cuello.

Sus labios estaban temblorosos, su cuerpo se agitaba con una sensación reprimida.

Sus emociones se desbordaron por todo lo que había sucedido, causando el regreso de las lágrimas a sus ojos.

Todos los demás estaban incómodos con el desánimo con el que Vladimir había hablado involuntariamente.

Katarina se acercó a su nueva amiga para poner un brazo reconfortante alrededor de su hombro.

La cara de Kristina mostraba tal expresión de dolor.

Ella se encogió de hombros negligentemente y silenciosamente salió de la habitación.

Katarina se giró hacia Stjepan en ese momento.

"Stjepan, ve a decirle algo de sentido. ¡Ahora! Sus palabras desanimadas causarán un mayor deterioro a su alrededor, incluida su relación con Kristina. No puede desmoronarse. Es necesario. Hay mucho por hacer".

Con eso, lo despidió de su mente mientras se dirigía a la cama para ayudar a su madre a cuidar a los dos inválidos.

Y con la más suave caricia, ella suavizó la frente de Goran que todavía estaba tan caliente al tacto.

Helena le había quitado la ropa a Anđelko con la ayuda de Gabrijel, en un esfuerzo por hacerlo sentir más cómodo.

No se movía en absoluto.

No parpadeaba.

Solo miraba ciegamente el techo.

Helena continuó persignándose y rezando por los dos.

CAPÍTULO XLVI

Stjepan atravesó la casa, buscando a Vladimir.

Ante la débil música que se escuchaba a distancia, supo dónde encontrarlo.

Se movió en dirección al pequeño conservatorio de música, donde Vladimir estaba tocando sobre el clavecín bellamente guardado.

Stjepan se detuvo en la entrada con una pequeña sonrisa en sus labios, recordando que Vladimir siempre había tocado excelentemente y cuando estaba perturbado, con una intensidad que rivalizaba con los mejores compositores.

La melodía era oscura, embrujada y llenaba la habitación con su agitación.

Las notas resonaron en el aire mientras manipulaba implacablemente el instrumento para emitir unos sonidos similares al llanto.

Después de unos minutos de observar a su afligido amigo, Stjepan entró en la habitación.

"¡Vladimir! ¡Debes detener esto! Háblame. Ayúdame a encontrar una manera de traer de vuelta a Anđelko y Goran".

Stjepan fue paciente mientras se acercaba al hombre.

Vladimir no se detuvo de inmediato.

Creó crescendo sobre crescendo de la palpitante composición hasta que, con un estremecimiento, terminó.

Dejando caer las manos y la frente sobre las teclas, se quedó sin aliento.

"Toma. Toma el vino que te he traído. Tal vez te calme un poco los nervios".

Stjepan empujó el vaso hacia Vladimir, quien lo tomó y bebió con avidez por un momento, antes de volver a colocarlo en la mano de Stjepan.

"Stjepan, gracias. Pero necesito mi cabeza clara".

Vladimir se secó la frente y miró a su amigo, la debilidad evidente en sus rasgos.

"¿Por qué, Stjepan? ¿Por qué está pasando esto? ¡Si no hubiera deseado a Kristina así, nada de esto habría sucedido! Fue su dolor lo que me llamó inicialmente, pero ¿cómo podría dejar pasar a alguien como ella? Ella es mi ¡corazón! ¡Ella es mi alma! Y, si no la hubiera rescatado, ¿quién sabe qué destino le habría sucedido a manos de Stankov? ¿Pero a qué precio? Anđelko está perdido para mí en este momento. ¿Y la herida de Goran, está cerca de la muerte? ¡Y estoy completamente impotente! "

Vladimir dejó caer la frente entre las manos y comenzó a lamentarse.

"Mi amiga, no soy la persona adecuada que debería preguntar sobre tu dolor. Pero estoy aquí por ti y también Kristina, al igual que el resto".

Stjepan abrazó a Vladimir mientras se deslizaba en el banco junto a él.

"Vladimir, por favor, intenta recuperarte. Necesitamos resolver esto juntos. ¡Debes ayudar! ¡O todo podría perderse! Ven, vamos a encontrarnos con Kristina por ti. Estaba muy lastimada por tu trato con ella".

"No quise lastimarla, Stjepan. Me perdería sin ella". Vladimir dijo en voz baja y dolorida.

El amor que sentía por ella era evidente en sus palabras.

"Entonces vamos con ella".

Stjepan se puso de pie con decisión y esperó a que Vladimir hiciera lo mismo.

CAPÍTULO XLVII

Salieron del conservatorio de música y regresaron a la habitación, pensando que Kristina estaría allí.

Pero ella no estaba.

Después de hablar brevemente con las preocupadas Katarina y Helena, supieron que ella no había regresado.

Entonces, usaron sus sentidos para buscar su presencia en la casa.

Nada de ella permanecía en el aire.

Preocupados, buscaron por los terrenos, todavía nada.

La fresca brisa que soplaba con humedad y la lluvia persistente habían hecho que se dispersaran los aromas.

Al menos ya no había truenos ni una tormenta.

Vladimir llamó a Darija y Roko, pero los perros no se presentaron.

Vladimir estaba cada vez más alarmado, su ritmo agitado no hacía nada para aliviar su tensión.

Se extendieron cada vez más, buscando.

Stjepan estaba revisando la parte trasera de la mansión cerca del borde de los acantilados y Vladimir había ido al granero para ver si Kristina estaba allí.

Su grito de sorpresa llegó a Stjepan, quien inmediatamente llegó a su lado.

Al ver solo un caballo, Vladimir supo que se había ido.

Su incredulidad estaba grabada en su rostro y su ira amenazó con desbordarse.

"¿Cómo se atreve a irse? Cuando ponga mis manos en esa descarada ..."

"Tranquilo, amigo". Stjepan lo calmaba, mientras miraban a su alrededor.

En silencio, se deleitó en poder hablar con Vladimir de nuevo, incluso con sus problemas no resueltos y las preocupaciones actuales.

"Tranquilo. Los perros tienen que estar con ella. Ahora, ¿a dónde iría en plena noche?"

Se detuvo para meditar sobre la situación desde todos los ángulos.

"Ah. Ya lo tengo. Se ha propuesto demostrar que estás equivocado, Vladimir. ¡Fue a buscar sanguijuelas!" Stjepan sonó algo engreído cuando dijo esto.

Tenía perfecto sentido para él.

La pareja estaba recién enamorada y todavía se buscaba el equilibrio dentro de la relación.

En sus esfuerzos, iban a tener algunos contratiempos al lidiar con esos sentimientos.

Asintió sabiamente porque sabía que lo mismo sucedería para él y Katarina lo suficientemente pronto.

Se rió entre dientes, recordando cómo ella lo había despedido antes para hacer su oferta.

Oh, él estaba esperando los desafíos que ahora ella le iba a presentar.

Pero se puso serio inmediatamente ante la mirada desafiante que Vladimir tenía ahora.

"Stjepan, Kristina no está protegida, por mucho que confíe en Darija y Roko. ¡Cualquier cosa podría ocurrirle! ¡Debo encontrarla! ¡Oh, esa mujer! Aprenderá el verdadero significado de mis palabras sobre lo que significa pertenecerme. ¡Te lo prometo! "

Vladimir era magnífico en su ira.

Sus cejas se alzaron, sus rasgos se pusieron en una mirada de contundencia, sus labios finos y sus ojos apasionados.

Se elevó en vuelo sin dudar, con la intención de recorrer el campo por su amor.

Encontró a Stjepan a su lado.

CAPÍTULO XLVIII

¡Es un hombre imposible! Kristina pensó mientras se cabalgaba rápidamente, los sabuesos al lado de su caballo.

Ellos no se quedarían y ella no podía discutir con ellos, aunque en realidad dio la bienvenida a su compañía en esta noche nublada.

Estaba regresando al claro con el pequeño estanque que había sido el lugar de su captura, porque sabía que allí encontraría sanguijuelas.

¡Solo ella lo sabía!

Y luego, ¡ella le mostraría a Vladimir lo que podían hacer!

Con una indignación desenfrenada en todo su cuerpo, espoleó al caballo.

El barro se levantaba detrás de ellos al ritmo que estableció, consumiendo rápidamente las millas de distancia.

CAPÍTULO XLIX

Anđelko se movió lentamente a través de su oscuridad, inspeccionándola, saboreándola.

Ansiaba la soledad, el calor en el que estaba envuelto.

La ausencia de luz no lo asustó, le dio la bienvenida.

La bañó en su abrazo.

La protegía.

¿Qué era esto?

Anđelko sintió algo, algo indefinible invadiendo su capullo.

Se dio la vuelta mirando hacia la oscuridad, pero no pudo encontrar lo que buscaba.

Aun así, estaba nervioso.

¿Qué clase de situación estaba experimentando?

Él continuó girando en frenesí.

Lentamente, escuchó pasos débiles que se dirigían hacia él, pero no podía decir la dirección en los que venían.

Todo esto estaba empezando a llevarlo más y más a la locura.

¡Allí!

¡Un resplandor parpadeante!

Se hizo más y más estable cuanto más se acercaba, hasta que finalmente pudo distinguir un contorno vago.

El contorno se solidificó cuanto más se acercaba la cosa a él.

Con su forma aún indeterminada, Anđelko descubrió que no tenía dónde ir, dónde esconderse en su oscuridad.

Lo que una vez había parecido una gran entidad solo para él, se había encogido en un largo túnel y su espalda estaba contra la pared.

No podía moverse, estaba paralizado por la aparición que se acercaba.

¡Sus ojos se abrieron!

Los latidos de su corazón se aceleraron.

¡Oh Dios mío!

Él pensó.

¡Lucija!

¿Qué está haciendo ella aquí?

Ya no se quedó encogido a lo largo de la pared, sino que se acercó a ella.

Sacudido hasta el tuétano, la observó acercarse.

Ella se veía como se veía en vida, antes de la fiebre.

¿Cómo era esto posible?

Se había marchitado frente a sus ojos.

Su robustez y amor por la vida se habían reducido en su cuerpo en esos terribles días antes de su muerte.

Ella murió de dolor y como una anciana arrugada.

Anđelko bebió su belleza etérea ahora.

Se movió para tocarla y su mano flotó a través de su brazo.

Dio un paso atrás, angustiado.

"Mi querido Anđelko. No temas". El espíritu le habló.

Sonaba como su Lucija.

Anđelko sacudió la cabeza sobre la alucinación.

Perplejo, dio un paso adelante nuevamente y sucedió lo mismo.

No dio un paso atrás esta vez tanto como quería y se frotó los ojos dos veces, pero aun así ella seguía apareciendo ante él, así que esperó.

Su voz tranquilizadora con tanta riqueza de amor entrelazada le causó una nueva reacción.

"Estoy aquí porque me llamaste". Su voz ronca que había extrañado tanto volvió a él. "Me llamaste, Anđelko. Pero siempre he estado contigo. Conozco tu corazón, mi amor. Solo tenías que decirlo. Me hubiera aparecido en cualquier momento. Pero antes de ahora, no me necesitabas, así que te vigilé hasta que llegó el momento en que lo harías".

Hablaba tan tiernamente y con tanta adoración que Anđelko sintió que las lágrimas le caían por la cara.

"Lucija, ¡cómo te he extrañado! No sé por qué estás aquí, pero me alegro de que lo estés. Te he amado hasta el día de hoy. Sé que se suponía que debía haberte llamado desde hace mucho tiempo, pero el curso de mi vida cambió después de tu fallecimiento y tuve que tomar una decisión. Sabía que lo entenderías o esperaba que lo hicieras".

La voz de Anđelko se quebró y, sin palabras, sollozó al ver a su amor perdido.

Él sintió su toque, un ligero plumaje de sus dedos en su brazo.

Luego se materializó lentamente, transformándose de una luz insignificante a una mujer sustancial y mantuvo los brazos abiertos para el lloroso Anđelko.

Él le devolvió el abrazo con desesperación.

Había soñado con su Lucija durante toda la vida, sostenerla en sus brazos una vez más, sentir abrazarla.

Y ahora había sucedido.

Abrumado por todo eso, lentamente se dejó caer de rodillas, con su rostro enterrado en su vientre mientras ella le acariciaba el pelo.

"Moj odvažni neustrašivi borac", Lucija habló suavemente, llamándolo su valiente y querido guerrero. "Tu camino estaba predeterminado antes de que nos conociéramos. Has vivido como debiste. Elegiste sacrificarte para que otros pudieran vivir libremente. Y al final, no fue un sacrificio, ¿verdad? Amas a Vladimir y él también te ama. Lo salvaste de sí mismo, varias veces. ¿No te das cuenta de esto? Vladimir se habría destruido hace mucho tiempo por sus acciones, si no fuera por tu cuidado y amor".

Ella continuó acariciando su cabello, y sus sollozos se habían calmado, escuchando sus delicadas palabras.

"Mi amor, pero ¿cómo? ¿Qué he hecho para ello? Solo soy un hombre, nadie especial".

"Sí, mi Anđelko, eres un hombre. Ni más, ni menos. No tenías forma de saber que Stankov iba a atacar como lo hizo. Tu Goran te necesita. Necesita tu fuerza y tu amor para superarlo. ¡Debes volver en ti!"

"¿Cómo puedes decir esto, Lucija? ¡Te acabo de encontrar otra vez! ¡Es angustioso ... el dolor! ¿Cómo puedo volver?"

Anđelko habló con su cara sobre ella.

Su voz silenciada por la ropa y la emoción ahogada.

"Ah, mi amor. ¿Cómo puedes no hacerlo? No estoy realmente aquí. Solo estoy aquí porque me buscaste. Yo estoy muerta. ¡Tú vives! Y sigues viviendo porque no es tu momento. Y amas a Goran. Él significa mucho para ti. Yo no estoy triste. Estoy muy feliz de que hayas encontrado a alguien a quien amar de nuevo. Él te ama. Te necesita. Y tú lo necesitas. Ve, mi amor. Ve y sigue a tu corazón y que sepas que siempre estaré contigo".

Lucija acarició sus suaves manos una vez más los cabellos de Anđelko.

Ella usó su mano para levantar su rostro para que él mirara la expresión de satisfacción y amor que brillaba en sus ojos.

Lentamente, Anđelko se puso de pie.

"No entiendo todo lo que has dicho, mi querida Lucija. Pero quizás no tengo necesidad de hacerlo. Me consuela saber que estés bien. Pediría la oportunidad de besarte una vez más. Si no puedo quedarme, ¿me lo concederías? ¿Sólo eso?" Anđelko suplicó.

"Por supuesto mi amor. Y me gustaría sentirte dentro de mí una vez más también".

Lucija se movió al abrazo de Anđelko.

Tentativamente tocó sus labios con los de ella, encontrándolos cálidos y esperantes.

Más seguro de sí mismo por su amor y su familiaridad, se acercó aún más, acercándola a su corazón.

Sus labios tan móviles debajo de los suyos, tan tiernos, como lo habían sido en la vida.

Él se sintió abrumado por su abrazo, la sensación recordada de ella y de su gentileza.

Y demasiado gentil cuando ella movió sus dedos por su cabello y le metió la lengua en la boca.

El beso fue largo y apasionado y lleno de amor.

Sin aliento, Anđelko se apartó primero.

Miró profundamente a los ojos de su primer amor, los suyos de cálido marrón dorado de color miel, iluminados por el amor.

Él se sumergió nuevamente para atrapar su boca por completo.

Su gusto recordado desencadenando aún más su deseo.

Juntos se hundieron en el suelo, una niebla cálida y suave arremolinándose alrededor de sus cuerpos, a medida que avanzaban más y más en las profundidades de su pasión.

Lentamente, ayudaron al otro a quitarse la ropa.

Anđelko encontró todos los huecos suaves y las pendientes curvas de Lucija que recordaba tan bien.

Ella a su vez encontró los planos duros y los músculos firmes de su amor.

Su unión fue lenta y sensual y se amaron bien.

Para Anđelko, sentir a Lucija apretar sus músculos internos al alrededor de su pene fue tan maravilloso que se sintió completo de una manera que se no había sentido en mucho tiempo.

Esto no le quitaba nada de lo que sentía con Goran: era solo una dimensión diferente, una fusión diferente y un amor diferente.

Y sin querer, comenzó a sentir el dolor que lo había arrastrado a la oscuridad inicialmente.

Justo cuando estaba llegando a su plenitud, sintió que los bordes de la oscuridad se aligeraban.

Intentar permanecer con Lucija, resultó inútil.

Se desvaneció de su vista cuanto más se aclaraba la oscuridad.

Asustado por el advenimiento del dolor y la disolución de su amada Lucija, gritó en protesta.

"Mi amor, recuerda que siempre estoy contigo. No te sientas desamparado. Te necesitan en otro lugar. Tu Goran te necesita. Adiós por ahora mi amor".

La voz de Lucija, amable y comprensiva, desapareció de su mente y la luz creció.

Se sintió alzarse como a través de las brumas hacia esa luz brillante.

Hizo un último intento por agarrarla una vez más, pero no fue así.

Viajando sin pensar, asombrado por su experiencia y su continuo amor por ella, flotó hacia la luz.

CAPÍTULO L

Katarina e Helena trabajaron frenéticamente mientras presenciaban los movimientos de Anđelko.

Le rozaron las manos y lo llamaron.

Encantadas por sus respuestas iniciales y su respiración más fácil, contuvieron la respiración para no crear una falsa esperanza.

Habían estado asustadas por los movimientos que hizo y las murmuraciones de palabras que habían comenzado unos minutos antes que las habían sacado de sus silenciosas preocupaciones.

Palabras de amor y palabras de desesperación, incoherentes en su mayor parte.

Katarina e Helena lograron moverlo más arriba sobre las almohadas, acariciando sus mejillas suavemente.

Anđelko se agitó aún más.

Parpadeando rápidamente, con su respiración aún forzada, Anđelko luchó por mantener los ojos abiertos con la luz penetrante que le hacía daño en la cabeza.

Miró a su alrededor con confusión y llamó a Lucija.

Katarina y Helena se miraron, desconcertadas por el nombre.

No era uno que ellos conocieran.

Al recuperar el control de sí mismo, y al ver la habitación y a Goran en la cama junto a él, se calmó aún más.

Al percibir la ola de simpatía que le dirigían ambas mujeres, se preguntó cuánto debería decir.

Decidió que primero tenía que pensar y resolverlo solo.

¿Le creerían de todos modos?

¿Estaban enojadas?

¿Realmente acababa de hablar con su amada Lucija?

Sí, mantendría sus pensamientos para sí mismo.

Hizo una mueca, rodando a su lado para observar las respiraciones de su dulce Goran.

Eso le calentó el corazón, incluso si estaba loco, loco de pensar que Lucija lo aprobara.

Al menos su espectro dijo que sí.

A menudo se preguntaba si a ella le habría enojado aun cuando ya no estaba unido a ella.

Ahora, él sabía que no solo ella entendía, sino que lo amaba más por sus elecciones.

Eso alivió su corazón y su mente.

No se había dado cuenta de cuánto pesaba eso en su conciencia, pero ahora estaba en paz con eso.

Suspirando, sintió que Katarina intentaba darle agua para beber.

Tomó un sorbo lentamente, sintiendo dolor en su cabeza por la experiencia y la bebida fuerte anterior.

Entonces ella lo alimentó con caldo.

Él tomó todo el alimento que ella le ofrecía, permaneciendo en silencio, vigilante.

CAPÍTULO LI

Kristina detuvo al caballo.

Bajó con cuidado y dejó que el caballo deambulara por el pequeño claro.

Los sabuesos se quedaron con el caballo, sus costados agitados una vez más por el esfuerzo, sus lenguas colgando.

Se dirigió a las orillas del pequeño estanque y se metió en el agua, guiada por la débil luz de la luna que ahora se reflejaba en él.

Descuidada de su ropa, encontró las sanguijuelas que buscaba.

Recogiéndolas con cautela, las depositó en el pequeño caldero que había traído con ella para ese propósito.

Tomando un sorbo de agua de la bolsa una vez que se cumplió su misión, se aseguró de que los animales se dieran un baño para relajarse, y luego se dispuso a recoger el caballo una vez más para el viaje de regreso.

CAPÍTULO LII

Cuanta más distancia volaban los vampiros, más se enojaba Vladimir.

Pero ahora, la ira se volvió hacia sí mismo.

¿Cómo pudo haber sido tan desconsiderado, descuidado en su discurso y afecto por ella?

Había hecho una promesa antes, cuando la tuvo a su lado nuevamente, que la atesoraría.

Qué rápido la había roto.

¡Tonto! Él murmuró.

Repararía el daño y lo haría mejor la próxima vez.

Solo esperaba que hubiera una próxima vez.

Porque su Kristina era ardiente pero también era muy inocente; rara vez había viajado fuera de su pueblo antes de que la encontrara.

Esperaba que no estuviera perdida, que su caballo no hubiera perdido una herradura, o que no se hubiera topado con algunos rufianes o bandidos con la intención de hacerla daño.

Avanzó más y más rápido, haciendo que Stjepan tuviera que luchar para mantenerse a su ritmo.

Mirando el horizonte, se horrorizó al descubrir que se acercaba el amanecer.

Mientras el cielo todavía estaba completamente negro, los tonos azules apagados cambiaban rápidamente con cada minuto que pasaba.

Tenía que encontrarla en poco tiempo.

Debía hacerlo, no podía buscar por más tiempo de una hora.

¿Cómo pudo haber sido tan tonto?

Sus ojos buscaron frenéticamente pequeñas formas en el suelo, alimañas y roedores a los lados del camino.

Afiló sus ojos buscando nuevas pistas, pero sabía que era inútil, no solo el camino estaba bien transitado, sino que la tormenta había borrado su viaje anterior.

Vladimir sabía que tenía que prestar atención para no caerse del cielo por sus distracciones.

Stjepan lo llamó.

Un jinete solitario con sombras trotando a sus lados se acercaba rápidamente.

Vladimir supo instintivamente que era Kristina.

Él y Stjepan descendieron con rapidez para esperar el acercamiento.

Kristina se sobresaltó por su aparición repentina en el cielo, y frenó bruscamente el caballo.

Calculando mal ante la repentina parada, él casi cayó encima de ella, pero de alguna manera ella logró mantenerse su asiento.

Rígida y orgullosa, con el cuerpo erguido, observó con cautela cómo los vampiros cruzaban la distancia hacia donde estaba sentada.

Stjepan extendió la mano para atrapar la brida, deteniendo cualquier intento de pasar corriendo como si esa fuera su intención.

Ella los miró de reojo pensando en lo poco que la conocían.

Vladimir llegó al otro lado y la tomó en sus brazos.

Ella sintió que su abrazo era amoroso, pero no se río como lo había hecho antes cuando ella había sentido algo así.

Incluso en sus brazos, ella se mantuvo rígida.

Vladimir sonrió ante su continuo desafío.

"Mi Kristina, todo está bien. No estaba enojado contigo, tus palabras o tus acciones. ¡Me sentí impotente y eso no me sucede habitualmente! Soy un hombre de acción y la inactividad no me sienta bien. Amor, Lo siento."

Vladimir se quedó callado después de su discurso con la esperanza de que ella le respondiera sin enojarse.

Él consiguió su deseo.

Kristina suspiró.

"Querido mía, solo quería ayudar. Las sanguijuelas, las sanguijuelas ayudarán. ¡Deben hacerlo! No sé de otra manera".

Ella habló tan suavemente, y se relajó dentro de su abrazo.

La abrazó hasta que ella gritó:

"¡Las sanguijuelas! ¡Ten cuidado!"

Sus manos acunaron el caldero para evitar que se derramara.

No podían perder el tiempo volviendo al claro.

Kristina también había notado la iluminación del cielo.

Vladimir y Stjepan rápidamente decidieron que Stjepan volvería volver montando el caballo y que Vladimir viajaría con Kristina por los cielos.

Trató de prepararla para la pérdida de gravedad lo mejor que pudo antes de lanzarse al aire.

Ella se quedó sin aliento ante la ingravidez y cerró los ojos con fuerza.

La velocidad vertiginosa le podía hacer perder el equilibrio y el precioso caldero.

Pronto, llegaron a la puerta de Stjepan.

Echando un vistazo rápido para ver a Stjepan todavía a una milla de distancia, corrieron hacia adentro.

Aparecían los dedos del alba, con hermosos tonos de rosa y naranja, pero eran muy mortales.

Vladimir se dirigió hacia donde sabía que Stjepan guardaba los ataúdes.

Kristina a las escaleras.

Quería ir con ella, pero sabía que no podía.

Penosamente, él se alejó de ella, tanto como su corazón y su cuerpo deseaban permanecer a su lado.

Sabía que una vez que se levantara, estaría con ella y ese pensamiento lo mantuvo avanzando.

Kristina corrió escaleras arriba, ignorando los retratos esta vez y la barandilla detallada en su prisa por llegar a Goran y Anđelko.

Se detuvo en seco en la puerta cuando vio que Anđelko ya no estaba inconsciente.

La alegría iluminó su corazón ante la vista.

Mientras recuperaba el aliento e intentaba olvidar la puntada en su costado, le pasó el caldero a Katarina.

Esta lo dejó sobre la pequeña mesa al lado de la cama donde estaba Goran mientras Helena le traía agua a Kristina.

Cuando estuvo lo suficientemente repuesta, se acercó al caldero y levantó la tela con la que había cerrado herméticamente a las sanguijuelas.

Agarrando una, dejó escapar un maullido de sorpresa cuando se pegó a su dedo.

Al darse cuenta de que necesitaba trabajar con cuidado y conveniencia, ignoró la gota de sangre que se formó mientras reajustaba la sanguijuela, y rápidamente la colocó cerca de la lesión en la cabeza de Goran.

Ella se movió de un lado a otro de esta manera, sin darse cuenta de cómo su sangre se mezclaba con la herida parcialmente abierta en el reciente corte de la cabeza de Goran.

Nadie se percató de esto.

Cuando terminó, estaba exhausta.

Se dejó caer en la silla y se comunicó con las mujeres acerca de su encuentro con Vladimir y Stjepan.

Le aseguró a Katarina que Stjepan ya estaba a la vista cuando entraron en la casa.

Katarina suspiró aliviada.

Sabía que lo mucho que lo habría sentido si algo hubiera le hubiera pasado a Stjepan.

Gabrijel entró en la habitación e insistió en que todas las mujeres descansaran.

Él vigilaría a Goran y a Anđelko, que en silencio observaba y sostenía la mano de Goran.

Manos que ya no estaban atadas, ya que ya no era necesario.

Kristina reunió sus fuerzas por última vez para eliminar las gordas sanguijuelas llenas de sangre.

Una vez que terminó, echó un vistazo a su trabajo, y satisfecha con la respiración uniforme de Goran y un ligero enfriamiento de su frente, se derrumbó una vez más en su silla.

Ella no se iría, a pesar de las protestas de Gabrijel, prefiriendo quedarse dormida allí.

Al darse cuenta de que su alboroto no la conmovería, él le permitió descansar.

Y mientras descansaba, su dedo se hinchó un poco y comenzó a ponerse púrpura.

Aun así, eso también pasó desapercibido.

DÉCIMA PARTE
GABRIJEL

CAPÍTULO LIII

Stjepan descabalgó del caballo y corrió hacia la mansión, con los primeros rayos del sol golpeando sus talones.

Cerró la puerta de un portazo cuando pequeñas chispas de luz habían comenzado a llegarle a su calzado donde sus pies ahora se ampollaban brevemente por el contacto.

Soltó un suspiro de alivio mientras bajaba las escaleras hacia donde descansaban los ataúdes, sabiendo que sus pies se curarían solos mientras dormía.

Al ver que Vladimir ya estaba ocupando uno, se deslizó dentro de otro, moviendo mentalmente la cubierta para colocarla en su lugar.

Se acostó y cerró los ojos.

Su último pensamiento antes de dormirse, uno de esperanza, de que todo saldría bien.

" ¿Stjepan?" Escuchó el susurro de Vladimir en su mente.

Suspiró, sabiendo lo que se hallaba en sus pensamientos.

"Muy bien, Vladimir. Te diré lo que sé de la muerte de Đurđa".

"Gracias, Stjepan. A veces me persigue mis sueños y yo sabría si descansa con calma".

Murmurando imprecaciones por haber perdido el descanso, por no abrazar a Katarina y por volar por el campo en misiones alocadas porque Vladimir no podía controlar a su mujer, Stjepan comenzó su historia.

CAPÍTULO LIV

Hace noventa años ...

"Había estado alimentándome de un campesino local cuando noté que algo andaba mal. Mis orejas se erizaron por los peligros percibidos que se arremolinaban en los alrededores. Intenté ignorarlo, pero interrumpió mi concentración lo suficiente como para tener que sellar la herida en el joven con el que me había cruzado y lanzarme a los cielos en un esfuerzo por localizar la fuente de los lamentos enojados. Esto no era dolor, sino indignación femenina. Como sabes, todavía estaba perfeccionando mis habilidades de escucha, distinguiendo entre quienes tuvieran necesidad de mis servicios y quién se comportaba como los humanos se comportan habitualmente".

"Sus chillidos eran impíos. Permeaban el aire, oliéndola con su terror. Fue entonces cuando me di cuenta de que todavía estaban a varias millas de distancia. ¡Una sensación de temor que nunca había conocido me invadió! Đurđa estaba en Duće a tu lado en tu villa costera, habiendo salido contigo la semana anterior. Entré en pánico, puedo admitir eso ahora y perdí la concentración y caí al suelo, torciéndome el codo. Eso no me disuadió y salí disparado hacia tu villa ".

"Lo que enfrenté allí ..."

Stjepan se estremeció en su descanso.

Recuerdos de esa fatídica noche desenrollados en su mente.

Recuerdos que había reprimido por miedo a que lo volvieran loco.

Recuerdos que habían alimentado su odio hacia Vladimir.

Recuerdos cargados de su propia culpa por no poder salvar a Đurđa.

Recuerdos de sus fallas como hermano, como amigo y como hombre.

Las lágrimas formaron gotas puras y cristalinas que cayeron por sus mejillas.

Sus sollozos silenciosos estaban causando que su refugio retumbara con angustia.

Vladimir, silencioso y todavía en sus propios pensamientos, compartió empatía de la pena con su mente y tocó el alma herida de Stjepan.

No buscaba sondear mientras Stjepan estaba sumido en la angustia, sino curar las pequeñas fisuras en su cerebro que esa noche oscura había creado y que había alterado a Stjepan como hombre.

Podía ver el daño causado, las neuronas retorcidas, las sinapsis rotas que respondían al fallecimiento de Đurđa.

Mandando la precaución al diablo, se levantó de su propia tumba para ir a la de Stjepan.

Apartó la tapa a un lado y se subió con el vampiro sollozante.

Cerrando la tapa una vez más, envolvió sus brazos alrededor de Stjepan, enviándole una luz curativa.

Su energía entró a través del brazo izquierdo de Stjepan y viajó hacia el norte, pasando huesos, tendones, tejidos y músculos.

Recorrió los caminos de su sangre, girando alrededor de su columna vertebral, más allá de su cerebelo hasta la corteza cingulada anterior para inspeccionar el daño.

El calor invadió el ser de Stjepan, que fue reparado y concentrado mientras Vladimir sondeaba.

La luz era de color verde pálido con un tinte de lavanda, sus pequeños brotes comenzando con el comienzo de una fisura interrumpida y moviéndose a la masa enredada debajo.

Lentamente, la superficie se alisó y las sinapsis muertas surgieron a la vida.

Los breves pulsos electromagnéticos que Vladimir estaba empleando renovaron la vida en las partes desnutridas del cerebro de Stjepan.

Durante un largo rato, descansaron juntos mientras Vladimir dirigía la luz para reparar los daños.

Stjepan estaba inactivo al sentir los efectos residuales del dolor que se borraba.

Esto no era un intento de borrar los recuerdos, sino de curar las terminaciones nerviosas irregulares que habían sido deshilachadas.

Los pulsos verdes representaban el crecimiento, una regeneración de la estimulación del tejido.

La lavanda era para ayudar a Stjepan con su curación espiritual.

Vladimir sabía que debería haber buscado el permiso de Stjepan primero, pero no podía soportar el dolor de su sufrimiento por más tiempo y tomó el asunto en sus propias manos.

Una vez que sintió que había hecho todo lo que pudo, lentamente retiró la luz, cuidadoso del estado emocional de Stjepan.

Stjepan estaba agotado por la experiencia y sus recientes revelaciones, y por sentirse privado de la luz.

Sabiendo que ambos estaban más allá de la resistencia, hicieron un alto en los recuerdos para que pudieran descansar.

Stjepan se sumergió en la agitación del sueño con Vladimir todavía con sus brazos envueltos alrededor de él con comodidad.

CAPÍTULO LV

Anđelko continuaba manteniendo sus ojos en Goran.

Vigilando su respiración, el más leve movimiento causaba que la frente de Anđelko se frunciera.

Medía el tiempo por las inhalaciones de Goran, poco profundas, trabajadas.

Su pecho se sacudía con la neumonía y la tos con la que se atormentaba periódicamente.

Anđelko se sentía tan impotente ahora como cuando vio a Lucija en su enfermedad.

Se incorporó sobre su brazo para colocar un suave beso en los labios de Goran y susurrarle al oído su amor.

¿Qué más podía hacer él?

Pero observa y reza y comparte su cercanía.

Gabrijel se movía con gracia por la habitación, a pesar de su volumen.

Ajustó la colcha sobre Kristina y sonrió levemente cuando ella gimió mientras dormía.

Pensando que era solo su agotamiento por todo lo pasado, no notó la leve evidencia de transpiración en su frente y labio superior, la palidez cenicienta de sus mejillas, silenciada por las cortinas estiradas.

Se trasladó a la cama con dosel para atender a sus dos enfermos.

Asintiendo con la cabeza a Anđelko, bañó la cara, el cuello y el pecho de Goran con agua fría.

Ajustó el vendaje en su cabeza y le quitó los vendajes sucios alrededor de su cintura, antes de aplicar unos nuevos.

"Duerme tranquilamente, aunque de forma profunda, Anđelko. La solución de Kristina parece tener algún efecto. Es demasiado pronto para saber si la sangre de Lord Stjepan mezclada con la suya ha tenido el efecto deseado. Pero duerme".

Gabrijel le sonrió tranquilizadoramente a Anđelko.

"Gabrijel, que Dios te acompañe por todo lo que estás haciendo. No sé cómo me habría manejado sin ninguno de ustedes".

Anđelko habló suavemente, su voz ronca por sus ataques de llanto.

Bajó la cabeza como para rezar una vez más.

Descubrió que le traía una sensación de paz compartir sus cargas con su Dios.

"¿Quieres un poco más de caldo? Mi Helena hace las sopas y los caldos más deliciosos en kilómetros a la redonda".

Gabrijel amaba jactarse de los talentos de su esposa, bueno, aquellos que estaba dispuesto a compartir con el mundo.

Pensó en mantener su lengua talentosa para sí mismo.

Tenía una expresión añorante en su rostro cuando se dio cuenta de que Anđelko lo estaba mirando de manera extraña.

Tuvo que ajustar sus pantalones por su evidente reacción por el también recuerdo la lengua amorosa de Helena.

Anđelko dejó escapar una breve carcajada, leyendo fácilmente los pensamientos del hombre mientras se enrojecía.

Eso ayudó a aliviar su tormento interno por un momento. De repente, se comenzó a reír, ¡y no pudo parar!

Las imágenes que bailaban en su cabeza de estas dos personas tranquilas que disfrutaban de placeres sensuales eran demasiado buenas para dejarlas pasar.

Casi se dobló de la risa y se disculpó con Gabrijel por su respuesta.

Anđelko se puso a su lado.

"¡Mi amigo, si supieras la como son los talentos de Helena no te reirías!" Gabrijel realmente compartió su alegría.

Especialmente ahora parte de la tensión salió de la habitación desde su llegada.

Gabrijel sabía lo que tenía y no la dejaría ir.

Incluso se lamió los labios lascivamente, para deleite de Anđelko.

¡Oh, se siente bien reír!

Incluso en estas circunstancias, se siente bien, pensó Anđelko cuando finalmente se calmó.

Mirando a Kristina, no le importó ya que su alegría momentánea no la había molestado.

Por eso se alegró.

La amaba y no la quería ver interrumpida su descanso.

De repente, se levantó de la cama para ir detrás de la mampara decorada con flores y colibríes.

Usó el orinal y luego se lavó las manos con la jarra y el tazón que estaban allá para ese propósito.

Una vez hecho esto, se movió inquieto por la habitación por un minuto, pero se dio cuenta de que necesitaba estar con Goran.

Al ver que la condición de Goran se mantenía sin cambios, la mirada de Anđelko vagó por la habitación, observando los muebles.

Al lado de la mampara había un cofre de cedro bruñido y un gran espejo de cuerpo entero.

Las cortinas estaban decoradas, con un rico zafiro brocado que complementaba el edredón de un tono más tenue.

Las paredes en color a base de crema se acentuaban con más toques de azul.

De hecho, toda la habitación tenía una multitud de azules, desde las almohadas hasta la silla en que Kristina se reclinó, como los marcos de las pinturas.

Reconoció a un Donatello italiano temprano, Vladimir había insistido en que estudiara bien.

Era una habitación acogedora a los ojos de Anđelko.

Sus ojos se volvieron hacia Kristina mientras ella se movía inquieta sobre la silla.

Él frunció el ceño.

Algo no estaba vienen ella.

No era por su cabello, que no tenía recogido, y que ahora se le caía sobre los hombros o por su incapacidad para haber podido dormir durante la noche.

No, eso no era todo.

Anđelko se llevó una mano a la barbilla y acarició el comienzo de sus bigotes mientras contemplaba la imagen que ella presentaba.

Había algo raro en esa imagen.

Estaba intrigado, pero al igual que Gabrijel, determinó que solo necesitaba descansar.

Decidió que se uniría a ella mientras dormía.

Su cuerpo era una masa de dolores y contusiones y necesitaba su propio tiempo de curación.

CAPÍTULO LVI

La frente de Kristina estaba ardiendo.

Luchaba a través de capas de sueño y fiebre, pero no podía despertarse.

Sus sueños estaban plagados de criaturas míticas y la armadura de la planta baja había cobrado vida y la perseguía por los pasillos de la mansión.

En su sueño, estaba llamando frenéticamente a Vladimir mientras intentaba cerrar una puerta tras otra.

Se imaginó que podía sentir el aliento fétido del cadáver de la persona que alguna vez habitó la armadura.

La acechaba implacable y sigilosamente.

Nunca apresurarse, solo avanzar, determinada en cada paso que daba.

Kristina estaba sin aliento, su ropa se sentía restrictiva en el corredor sin fin.

Vio una puerta parcialmente abierta al final del pasillo y corrió hacia ella.

Sin ser cautelosa de lo que podría haber ante ella, pero sabiendo lo que había detrás de ella, se precipitó de cabeza en la habitación.

Ella cerró la puerta y pasó el cerrojo.

Con el pecho agitado, de espaldas a la habitación, cerró los ojos para respirar profundamente.

La armadura comenzó a embestir la puerta sin éxito.

Sabiendo que tenía que encontrar refugio adicional, se volvió y abrió los ojos para ... ¡horror!

Estaba atrapada en un matadero, los demonios desgarrando salvajemente la carne de los aldeanos que gritaban, mientras buscaban su sangre.

Vio a sus padres, a Andrej, a tantos que veía que estaban siendo atacados.

Gritó, atrayendo las atenciones de una hermosa joven, su boca goteaba sangre ...

CAPÍTULO LVII

Vladimir sintió el miedo corriendo por sus venas.

Eso lo sacó de su sueño.

Instintivamente supo que habían pasado varias horas desde el amanecer.

Pensando que era Stjepan el que sintió con miedo en medio de su sueño, vio que él descansaba pacíficamente a su lado.

Algo estaba mal, muy mal.

Su conciencia estaba tratando con eso.

Proyectó su mente en la mansión propiamente dicha, buscando la fuente.

A medida que se acercaba a la habitación que albergaba a los enfermos, su sensación de temor aumentaba.

Cambió de forma a una corriente de vapor, para pasar sin obstáculos debajo de la puerta, transformándose después en una sombra de sí mismo para no asustar a los ocupantes con su llegada.

Pasó sobre la cama y vio que Anđelko y Goran estaban bien, ambos durmiendo.

Suspirando aliviado, continuó.

Gabrijel había hecho una especie de cama con ropa de cama en el suelo para que Kristina pudiera descansar al lado de Goran.

Todavía no había encontrado sentimientos de temor de ellos.

Se volvió y vio a Kristina profundamente dormida.

Cuando se acercó a ella, la sensación de temor creció.

Él frunció el ceño ante sus movimientos inquietos y luego ¡ella gritó!

Sus ojos brillantes por la fiebre se abrieron, sin ver.

Se sentó abruptamente y se revolvió entre la ropa de cama como si la estuviera atacando, gritando palabras ininteligibles.

Su cara estaba marcada por el terror y bañada por la coloración opaca de una persona enferma.

Él rápidamente estaba a su lado, tratando de capturar sus manos en su estado fantasmal.

Sus ojos asustados se fijaron en él, pero no lo vieron.

¡Ella vio a Vladimir comenzando a hundirle los dientes en el lado del cuello de Andrej!

¡Tenía que salvar a Andrej!

Nada más importaba en ese momento.

Ignorando a todos los demás demonios, se abrió paso, entre la masa de cuerpos retorciéndose, hacia Vladimir.

En su mente, se vio rogándole que perdonara a Andrej.

¡Y Vladimir!

Vladimir levantó sus ojos color violeta y se burló de ella por su ingenuidad.

Ella lo agarró del brazo, pero él la sacudió.

Avanzó de nuevo, con las garras alcanzando su falda.

Vladimir estaba fuera de sí intentando entender sus murmullos incoherentes.

Atrapó un "Vladimir", un "Andrej", un "... llévame a mí", pero no sabía qué hacer con todo eso.

Sacudiéndose de la sorpresa momentánea y la desesperación que sus palabras le causaron, se concentró en encontrar la fuente de sus delirios.

A pesar de sus divagaciones y sus sacudidas, él comenzó con su cabeza, pasando los dedos por todas partes, tratando de ver si tenía algún tipo de bulto.

Al no encontrar nada de esa naturaleza ni ningún corte, continuó hacia abajo.

Para entonces, Gabrijel ya estaba a su lado, preocupado por lo que estaba presenciando.

Vladimir le pidió mentalmente que trajera agua y un paño limpio para tratar de enfriar su frente.

Gabrijel fue cuidadoso en su ministerio, tratando de evitar sus brazos agitados.

Vladimir se abrió paso lentamente sobre su ropa y su cuerpo.

Finalmente encontró su dedo con signos de infección.

Inmediatamente retornó su espíritu a su cuerpo físico y abrió la tapa sin demorarse más.

Salió del ataúd y salió disparado hacia la habitación en la que estaba Kristina.

Irrumpiendo por la puerta, suavemente llevó la herida a sus labios y comenzó a chupar los venenos que habitaban en su cuerpo.

Tomándose su tiempo, investigando como lo había hecho con Stjepan, para succionar la sangre contaminada.

Una escupidera conveniente yacía cerca donde prescindía de los humores infectados.

Estaba complacido de que aún no se hubiera extendido a sus órganos internos.

Había llegado a tiempo.

Continuó su suave succión, queriendo dejar su sangre libre de infección.

vez que terminó, selló la herida.

Luego se abrió la muñeca para llevarla a sus labios.

La mirada aturdida había abandonado el rostro de Kristina, y ella entendió lo que él quería que hiciera.

Ella llevó sus propias manos a su muñeca y la presionó más en su boca.

Se tragó unos bocados de la sangre del vampiro.

Cuando terminó, se limpió la parte posterior de la boca mientras él sellaba su muñeca.

Cayó exhausta sobre los cojines.

"Mi Vladimir, te debo la vida, gracias". Kristina levantó los ojos hacia él. "No sé qué pasó, pero estoy agradecida de que hayas venido. Por favor, siéntate conmigo un momento, mientras recupero el aliento".

Separó las manos de los costados y palmeó el asiento con una de ellas.

Vladimir estaba luchando con los pequeños fragmentos de luz que penetraban en la habitación, pero sabía que no podía dejar a Kristina sola ahora después de su comportamiento de la noche.

Si fuera cuidadoso y se mantuviera alejado de las corrientes de luz, con las motas de polvo persiguiéndole sin preocupación, estaría bien.

La acercó y la llevó a su regazo.

La mimó como a una chiquilla, acariciando su cabello y frotándole la espalda.

Estaba contento.

Ella se acurrucó en su pecho y metió la mano en la solapa de su traje.

Ninguna palabra pasó entre ellos ahora que la crisis había pasado. Y no se necesitaba ninguna.

Kristina sabía que compartiría su pesadilla con él más tarde, aunque solo fuera para que él supiera lo que había soñado.

Por ahora, ella estaba donde quería estar y estaba a salvo.

CAPÍTULO LVIII

Stjepan se despertó un poco más tarde para encontrarse con que Vladimir ya no estaba a su lado.

Sabiendo que era seguro salir, salió del oscuro sótano para buscar a los demás.

Se encontró a Helena y Katarina justo llegando a la puerta a la vez que él.

Sabiendo que había suficientes personas para atender a los que todavía estaban enfermos, llevó a Katarina a un pequeño aparte, mientras le guiñaba un ojo a Helena.

Ella rió a cambio y los dejó en su camino.

Stjepan atrapó a Katarina en sus brazos y la observó dilatando sus ojos de color verde musgo.

Él bajó sus labios a los de ella, suavemente al principio, una caricia diseñada para decirle que la había extrañado.

Katarina se hundió en el abrazo de Stjepan, separando los labios para mostrar la necesidad de explorar.

Stjepan con gusto le calmó su ansiedad durante varios minutos, buscando todas las cualidades ocultas que representaban la boca de Katarina.

Ella a su vez, lo acunó hacia ella, insegura de los cambios que sentía en su cuerpo.

Nunca antes había besado a nadie de esta forma.

Sus senos estaban duros y puntiagudos.

No era un sentimiento desagradable. Su vientre tenía la misma emoción que sentía cuando la feria con los gitanos pasaba por la ciudad e iba a que le contaran su fortuna.

Esa sensación de algo más por venir, de posibilidades emocionantes que quedan al destino de uno.

Su piel estaba enrojecida y otros lugares estaban calientes y húmedos.

No, ella no lo entendía en absoluto, pero sabía que Stjepan le enseñaría a entenderlo.

Stjepan gimió ante la pasión desenfrenada con que Katarina lo besaba.

Si no tuviera cuidado, esto iría más allá de lo que pretendía de momento.

Pero ella estaba absolutamente hermosa en sus brazos, confiando en él, desmoronándose bajo su beso.

Sus manos recorrían su espalda y le acariciaban las costillas.

Sus manos se detuvieron justo antes de tocar sus senos. Sabiendo que ella era inocente y no entendía las relaciones que ocurrían entre hombres y mujeres, él la levantó para caminar hacia el banco.

Se sentó con ella en su regazo.

Sus labios nunca rompieron ese beso ardiente.

Se movió, dándose cuenta de que la había colocado en una posición más bien inconveniente.

Discretamente intentó moverla sobre su regazo, de modo que su hermoso trasero no rozara su gran dureza.

Solo esperaba que ella no se diera cuenta en sus exploraciones.

Katarina levantó sus labios húmedos de los de Stjepan para mordisquearle la oreja.

Ante su respiración acelerada, ella supo que a él le gustaba.

Definitivamente le gustaba lo que le estaba haciendo.

Comenzó a susurrar palabras de amor en un lado de su cuello, sus labios moviéndose contra la tierna carne.

El pulso con la sangre de su vitalidad golpeando como una distracción en sus oídos y debajo de su boca.

No con el deseo de perforar su delicada carne con sus colmillos, sino con carnalidad por su audacia.

Sus crecientes pasiones amenazaban su luchado control.

Quería hacer esto bien con Katarina.

La quería como su compañera de alegrías y compañera de penas.

Y debido a que deseaba eso por encima de todo, sabía que necesitaba detener esto ahora.

Apoyando su cabeza contra la frente de Katarina, luchó por respirar.

Mostrándole sus ojos color caramelo, supo que ella estaba tan afectada como él.

"Oh mi amor, ¡cómo me tientas tanto! No quiero nada más que devorarte aquí mismo".

Envolvió sus brazos alrededor de ella al decir esto.

Katarina estaba luchando con su propio corazón y con la sangre corriendo a toda prisa por sus venas.

"Stjepan, te he amado desde que era una chiquilla. He estado esperando hasta el momento adecuado en que pudiera estar contigo. ¿Me negarías esto?" Ella suplicó.

"Mi querida, no te niego nada. Te pido que esperes un poco más, te lo ruego. Quiero que seas mi princesa, mi señora. ¡Te quiero como nunca he querido a nadie ni a nada en mi vida! Y te honraría esperando hasta que pueda hacer que esto suceda. Me has robado el corazón. ¡Haría cualquier cosa, cualquier cosa que me digas! Y nos uniremos para siempre. Solo déjame hablar con tu padre y hacer los arreglos. Puedes darme tres días, ¿no? "

"Stjepan, puedes tener tus tres días. Pero te prometo que no esperaré más allá de eso. Si no soy tu compañera de cama para entonces, no seré responsable de las cosas que planeo hacer con tu cuerpo".

Katarina parecía un poco engreída al decir esto, pero totalmente inflexible en cuanto a que quería más de lo que Stjepan podía ofrecerle en este momento.

"Ahora, ven aquí por un minuto ..."

UNDÉCIMA PARTE
MIHAEL

CAPÍTULO LIX

A medida que las horas de la noche se alargaban, todos vigilaban junto a la cama de Goran.

Helena había recalentado su sopa y habían comido hasta saciarse.

Stjepan y Katarina se reunieron con ellos finalmente, luciendo un poco desaliñados, pero todos guardaron sus comentarios para sí mismos.

Los dos intercambiaban miradas ardientes, pero mantuvieron sus manos y labios para sí mismos.

Vladimir levantó la vista de sus pensamientos y atravesó a Stjepan con su mirada.

Stjepan entendió lo que estaba implicado y asintió casi imperceptiblemente.

Él inclinó la cabeza por un momento para ordenar sus pensamientos, sabiendo que iba a revelar una gran cantidad de dolor que había guardado dentro durante tantos años.

Se había torturado a sí mismo sabiendo que le había fallado a Đurđa.

Y sabía que lo que revelaría ahora también le causaría dolor a Vladimir.

Había estado tan incrédulo por lo que Đurđa le había susurrado en sus últimos momentos, que había bloqueado ese conocimiento en su mente.

Fue solo a través de la intervención de Vladimir hace horas que se dio cuenta plenamente de los acontecimientos de aquella noche tan lejana.

No sabía cómo iba a decir lo que tenía que decir, ni sabía cómo reaccionaría **alguien** ante esta información.

Rezó para que Katarina y Kristina los ayudaran a ambos a sanar y lidiar con el dolor de la traición.

Porque eso era lo que iba a ser.

Traición del peor tipo.

Mentalmente había tratado de prepararse a sí mismo y al resto de ellos para esa traición.

Parte de la razón por la que había apartado a Katarina era para sacarse fuerzas para la tarea que tenía por delante.

Suspirando una vez más y mirándolos a todos a los ojos, comenzó su historia.

"Esto es lo que Đurđa me reveló ..."

CAPÍTULO LX

Hace noventa años ...

"Llegué a la puerta de tu casa, Vladimir, y descubrí que había sido violentada, casi arrancada de las bisagras. Anđelko estaba inconsciente y atado, una gran herida en el costado de su frente y Đurđa había sido golpeada y había sangre sobre ella, en su ropa. Llegué justo antes de que muriera ... "

Stjepan comenzó a llorar mientras las imágenes se repetían en su mente, al igual que Vladimir.

Todos los demás estaban prestando mucha atención.

"Volé al lado de Đurđa y la abracé con mis brazos. Sus párpados se abrieron y trató de hablar. Era tan difícil para ella, Vladimir, pero fue tan fuerte. Uno de sus ojos estaba casi hinchado y ennegrecido. Se formaron moretones alrededor de su garganta, casi como si hubiera estado usando un collar apretado y parecía que su tráquea estaba aplastada. Las lágrimas caían por las esquinas de sus ojos, goteando por los costados de sus mejillas y desapareciendo en su cabello. Dios, era como ¡Una muñeca rota! Sus uñas estaban rotas y ensangrentadas, había luchado como un gato montés. Su ropa estaba en desorden. Había sido horriblemente atacada ".

Katarina había abrazado a Stjepan y ahora todos lloraban por lo que él estaba revelando.

"Trató de sentarse, pero no pudo hacerlo. Algunas costillas estaban rotas y uno de sus brazos. Aun así, trató de levantar su mano hacia mi mejilla. Sollozó más cuando se dio cuenta de que no podía. Tenía dolor en todas partes, no había una parte de ella que no estuviera atormentada, golpeada o quebrada. Traté de hacerla callar, que no hablara, que tratara de conservar su energía, cualquier cosa. Pero como sabes, ella fue siempre muy terca Vladimir ".

Ambos hombres sonrieron brevemente al otro, un destello de humor que eclipsaba su pena compartida por un momento.

"Oh, Dios, era terca. Dijo que más temprano en la noche había peleado contigo y que ella había dicho cosas terribles, pero que no sentía lo que había dicho, Vladimir. Quería que supieras que lo lamentaba".

Stjepan levantó la vista de nuevo.

"Lo siento mucho, Vladimir. Estaba tan enfurecido por la muerte de Đurđa, que no pude decirte lo que dijo. Sé que estaba equivocado. Eso fue lo último que recordaba de esa noche, hasta que usaste tu luz curativa, antes, sobre mí."

"Stjepan, no guardo rencor contra ti por tus acciones. Te amo como siempre lo he hecho".

Vladimir habló con una voz sincera mientras capturaba la mirada de Stjepan.

"Gracias, Vladimir. Te amo como hermano. Siempre lo he hecho. Estaba abrumado bajo mi culpa y enojo. Y por mucho que lamento haber raptado a Kristina, y no le habría causado dolor a ninguno de ustedes, eso nos ayudó a llegar a este punto. Por eso, no lo siento ".

Vladimir se levantó silenciosamente de su asiento junto a Kristina para ir a abrazar a Stjepan.

Se quedaron así por un minuto.

Una vez que su abrazo terminó, Stjepan continuó su historia.

"Đurđa luego me dijo que estaba cruzando el vestíbulo cuando la puerta se salió prácticamente de sus goznes. Y parada frente a ella estaba ..."

CAPÍTULO LXI

En ese momento, Goran se agitó.

Los ojos vidriosos y doloridos se abrieron y Kristina se apresuró a ir a su lado, mientras Anđelko tomaba su mano una vez más.

Ella asintió una vez con satisfacción, descubriendo que la fiebre había desaparecido.

Ambos ayudaron a Goran a sentarse un poco sobre las almohadas y Katarina le trajo algo del caldo curativo.

Si bien todos estaban impacientes por descubrir finalmente lo que le sucedió a Đurđa, lo ocultaron de momento en atención a Goran.

Miró a su alrededor confundido.

"¿Qué pasó?" Habló con su voz ronca.

Anđelko se acomodó en la cama y abrazó suavemente a Goran, con la cabeza apoyada en el pecho de Anđelko.

"Mi amor, fuiste atacado por Stankov. Él ya no existe. Los sabuesos y yo lo enviamos al mar. Has tenido fiebre y has estado inconsciente desde anoche. ¡Oh, temía por tu vida! Recé y lloré y me quedé a tu lado todo el tiempo".

Anđelko aumentó el abrazo un poco más intensamente sobre él.

No estaba preparado para decirle a Goran cómo se había derrumbado, ni cómo había intentado morir, pensando que Goran se había ido de su vida.

No todavía, de todos modos.

Estaba seguro que ninguno de los otros diría nada tampoco.

Lo que sucedió entre los amantes se mantendría así.

Sobre la cabeza de Goran, Anđelko parpadeó hacia todos en silencioso reconocimiento del servicio que le habían prestado en este día.

Todavía tenía que superar su propia vergüenza por su colapso ante las heridas potencialmente mortales de Goran.

Pero habría tiempo suficiente para eso.

Todos se preocuparon por Goran unos minutos más, mientras Katarina mantenía sus ojos y pensamientos enfocados en Stjepan.

Él sonrió cuando todos lo hicieron, pero ella sabía que le costaba.

Era evidente en su postura caída y en el tic nervioso que apareció en su ojo izquierdo.

Sabiendo que no estaba ansioso por continuar su cuento, pero que lo continuaría, sin embargo.

Su vampiro era un hombre honorable, un hombre valiente.

Ella lo había sabido por mucho tiempo y estaría con él soportando cualquier cosa que se les presentara.

Él era su corazón.

Kristina estaba igualmente preocupada por Vladimir.

No estaba tan obviamente angustiado como Stjepan parecía, pero claramente estaba luchando por su compostura también.

No sentía celos por la fallecida Đurđa y los sentimientos compartidos entre los dos.

Ella sabía que Vladimir era de ella.

Y él tenía que saber que ella era suya.

Ella acarició su mejilla para hacerle saber que ella estaba allí y él estrechó su mano sobre la de ella, haciéndole saber que él estaba con ella en todas las cosas.

Una vez que volvieron a estar tranquilos y Gabrijel asistía a Goran, Stjepan continuó.

CAPÍTULO LXII

Hace noventa años ...

"De pie ante ella estaba Mihael ..."

Anđelko dejó escapar un grito ahogado, Vladimir pareció aturdido, Stjepan asintió con tristeza.

Vladimir sintió como si su alma hubiera sido brutalizada y su corazón arrancado de su pecho.

¡Mihael!

¿Por qué haría él tal cosa?

¿Cómo podría su mentor haberlo traicionado tan horriblemente?

Miró a Stjepan con ojos heridos, esperando escuchar lo que tenía que decir a continuación.

CAPÍTULO LXIII

Hace noventa y cinco años ...

Mihael había estado visitando a Stjepan durante un largo período de tiempo.

Dijo que estaba allí para ayudar y observar a Stjepan en su entrenamiento de habilidades, pero tenía una razón más oscura.

Quería a Đurđa.

Había calculado su visita para que coincidiera con su llegada por una de sus visitas poco frecuentes de la escuela.

Habiendo sabido el conocimiento de su inminente llegada por Stjepan seis meses antes, aguardaba su momento.

Durante algún tiempo había pensado cómo iba a abordar el tema con Stjepan.

Sabía que tenía que tener cuidado con el joven vampiro, conocido por su temperamento rápido y precisión con el estoque.

También sabía que la deseaba por encima de todas las demás.

Entonces, estaba calculando.

Era atento con ella, pero no demasiado.

Solicitaba su opinión sobre asuntos financieros.

Solía pasar sus tardes en la biblioteca con ella conversando sobre una variedad de temas.

Pero, aunque ella no lo rechazó por completo, realmente no le hacía caso.

Se enfureció por sus suaves discursos sobre frivolidades y su indiferencia hacia él.

Una noche, él había comenzado a declararse ante ella y, a su manera bonita, ella lo había rechazado.

Iracundo por sus negativas, él se había largado, prometiéndose en silencio a sí mismo que algún día la haría pagar.

¡Nadie, nadie lo trató como ella se atrevió a hacerlo!

¡Nadie!

Su vanidad y orgullo hecho pedazos por su despreocupado desdén.

Stjepan no entendió por qué Mihael abandonó abruptamente su hospitalidad.

Y Đurđa, en su defensa, no se había dado cuenta de la seriedad de sus intenciones y la presunta ofensa hacia él por la negación de sus afectos.

No pensó en mencionárselo a Stjepan porque para ella era un asunto sin importancia.

Tenía solo diecisiete años en ese momento y, como suelen hacer las chicas jóvenes, estaba más interesada en la moda y los chismes que en considerar los sentimientos de los hombres.

CAPÍTULO LXIV

Hace noventa años ...

"¡Mi querido hermano, Stjepan, no lo imaginé! ¿Cómo podría?"

Đurđa estaba tratando de hacer que Stjepan entendiera su punto de vista al contarle lo que había sucedido cinco años antes.

"Oh Đurđa, no eres culpable de nada. Eras más joven y mucho más inocente, como todavía lo eres. Y te declaraste a Vladimir cuando tenías nueve años. Mihael no sabía nada de esto y Vladimir y yo nos habíamos reído en ese momento de tus pensamientos sobre el asunto. No por hacerte daño, cariño, nunca eso. Solo que siempre has sido impetuosa e impaciente. Pero rápidamente nos cambiaste las cosas recientemente. Y estaba muy contenta de ver a Vladimir devolverte su amor ".

Stjepan pasó una mano gentil por los cabellos de Đurđa.

"Lo siento Stjepan ..."

"No tienes nada de que disculparte o avergonzarte, Đurđa. ¡Mihael nunca debería haber hecho esto! ¡Y por eso buscaré mi venganza contra él!"

"¡Stjepan, por favor! ¡Te matará! ¡Y eso no podría soportarlo!"

Đurđa estaba más débil ahora en su discurso, apenas con un hilo de vida.

"¡Debes prometerme que no buscarás venganza! ¡Te lo ruego!"

Su súplica caía en oídos sordos, mientras Stjepan la acunaba sin hacer ruido, tratando de detener sus divagaciones.

Sus ojos comenzaron a perder brillo mientras sucumbía más y más a sus heridas.

Y él no quería ni necesitaba escuchar los detalles de lo que Mihael le había hecho.

La evidencia estaba ante sus ojos.

Y condenó al vampiro a toda la eternidad por poner fin a una vida tan vibrante.

Đurđa sabía que los últimos alientos estaban abandonando su cuerpo.

Le resultaba cada vez más difícil respirar con su pulmón aplastado y pequeñas gotas de sangre comenzaban a salir de su boca.

Sus pies y manos habían estado fríos durante todo este tiempo y ahora, entumecidos.

Ella tembló mientras yacía en los brazos de Stjepan.

Ella ya estaba teniendo problemas para concentrarse en el hermoso rostro de su hermano y sabía que no viviría para ver el hermoso rostro de Vladimir otra vez.

Lamentó que las palabras de ella de despedida hubieran sido de enojo y que ella se fuera de su lado para siempre, algo que recientemente había prometido que nunca haría.

Ella hizo un último intento de hablar.

"Te amo y amo a Vladimir. Por favor recuerden eso. Voy a mi muerte amándolos a ambos. Sin represalias. No quiero ..."

Y con eso Đurđa pasó de la vida que conocemos a otra de la que solo se habla en susurros silenciosos y con reverencia.

Stjepan llevó su cuerpo, ya sin vida, más fuerte contra su pecho, llorando sobre ella, mientras su cuerpo se volvía aún más frío en sus brazos.

Se meció así con ella durante mucho tiempo.

No se dio cuenta cuando Anđelko se despertó, no notó el paso del tiempo y no notó el frío que impregnaba la casa a través de la puerta abierta.

No se dio cuenta de cuántas de las cosas que Đurđa le había revelado comenzaron a escaparse de su mente consciente.

Pero él sabía del dolor.

Un dolor profundo y agudo que sobrecogió su alma.

Y mientras se sentaba allí con ella, la amargura de su muerte hizo que su corazón se endureciera contra Vladimir.

Vladimir era la causa, la raíz.

Él había destruido a Đurđa.

CAPÍTULO LXV

"Lo siento, Vladimir. Este conocimiento de Mihael y su vileza se convirtió en un vacío en mi mente".

Stjepan se recostó contra el diván, exhausto por las revelaciones.

Todos lloraron por la manera de la muerte de Đurđa.

Lágrimas copiosas y respiraciones jadeantes ante la traición de Mihael.

Especialmente porque Mihael había seguido siendo parte de las vidas de Vladimir y Stjepan.

Cómo había tratado de negociar una paz entre ellos, implorando a uno y luego al otro alternativamente para sentarse y reparar su relación.

Mihael era responsable de la grieta, la vileza y nunca había dicho nada.

"¿Por qué? ¡No entiendo! ¿Cómo pudo Mihael habernos traicionado así?" Vladimir gimió desde el fondo de su abdomen. "Ha sido nuestro maestro, nuestro guía, nuestro mentor. ¿Cómo podría traicionar esa amistad, la lealtad en la que le hemos servido todo este tiempo?"

"No lo sé a mi amigo. Sé que desearía no haber bloqueado esto en mi mente. Sé que desearía no haberte apartado nunca. Sé que lamento profundamente mi comportamiento".

"¡Ah Stjepan, no eres tú quien ha perjudicado nuestra amistad! ¡Ese fue Mihael! Lo veo muy claramente. Y él pagará por esto. Aunque no haga nada más en mi vida, juro que él pagará por lo que ha hecho". Vladimir gruñó bajo en su garganta.

El resto de la noche transcurrió haciendo planes para la eventual muerte de Mihael.

Cerca del amanecer, todos se lanzaron a sus respectivas camas, aún sin un desenlace final acordado.

Pero había esperanzas.

Especialmente porque Mihael no tenía forma de saber lo que había sucedido en toda esta última semana.

Había anunciado a Stjepan y a Vladimir por separado que estaría en los Países Bajos durante un año y de eso hacía unos tres meses.

Así que sabían que tendrían tiempo y oportunidad de prepararse para la próxima batalla.

Y con ese conocimiento de que planeaban destruir a su mentor, se unieron una vez más con un objetivo común.

Pero esa ya es otra historia ...

FIN

www.ingramcontent.com/pod-product-compliance
Lightning Source LLC
LaVergne TN
LVHW041024150826
845672LV00001B/201

9798230204800